OS TAIS CAQUINHOS

NATÉRCIA PONTES

Os tais caquinhos

1ª reimpressão

Grafia atualizada segundo o Acordo Ortográfico da Língua Portuguesa de 1990, que entrou em vigor no Brasil em 2009.

Capa
Ale Kalko

Imagem de capa
Falconeira, de Julia Debasse, 2013, acrílica sobre linho, 140 x 78 cm.
Reprodução de Rafael Salim. Acervo Galeria Portas Vilaseca

Preparação
Ana Cecília Agua de Melo

Revisão
Adriana Bairrada
Luciane H. Gomide

Os personagens e as situações desta obra são reais apenas no universo da ficção; não se referem a pessoas e fatos concretos, e não emitem opinião sobre eles.

Dados Internacionais de Catalogação na Publicação (CIP)
(Câmara Brasileira do Livro, SP, Brasil)

Pontes, Natércia
Os tais caquinhos / Natércia Pontes. — 1ª ed. — São Paulo : Companhia das Letras, 2021.

ISBN 978-65-5921-006-0

1. Ficção brasileira I. Título.

20-51711 CDD-B869.3

Índice para catálogo sistemático:
1. Ficção : Literatura brasileira B869.3

Cibele Maria Dias - Bibliotecária - CRB-8/9427

[2022]

EDITORA SCHWARCZ S.A.
Rua Bandeira Paulista, 702, cj. 32
04532-002 — São Paulo — SP
Telefone: (11) 3707-3500
www.companhiadasletras.com.br
www.blogdacompanhia.com.br
facebook.com/companhiadasletras
instagram.com/companhiadasletras
twitter.com/cialetras

Para Isadora, minha Manon

Pra terminar,
Quem vai colar
Os tais caquinhos
Do velho mundo?

Antonio Cicero

JORRO DE CERA

Daí que estavam Neca e Clau debruçadas sobre meu corpinho encolhido naquele apartamento limpo e ventilado. Cada uma munida de uma pequena haste azul com pontas de algodão. Neca se incumbiu da orelha direita. Clau, da esquerda. As duas trocaram olhares cúmplices, engoliram em seco e começaram a faxina. Cotonetes e mais cotonetes zarparam das mãozinhas ágeis em direção ao cesto de lixo. Compenetradas, faziam caras e bocas, inflamando as expressões, dilatando as narinas e esbugalhando os olhos com fascínio e repugnância. Todas as pontas carregadas de uma matéria marrom. (Não digo a palavra "cera" porque acredito que sua definição vai além: cera, cera velha e o indizível, o incompreensível.) Neca e Clau desprezavam minha presença e comentavam entre si o alto grau de imundice dos meus ouvidos. Exclamavam chocadas: "Mas não é possível! Não acaba nunca!" e exibiam exultantes as pontas dos cotonetes encharcadas de uma pasta escura e gordurosa. Constrangida, eu me encolhia no banquinho que me foi cedido para ficar quieta e morrer de vergonha por nunca ter usado um cotonete na vida. Surda, surda, como uma tampa do pote de margarina, embora lá longe ouvisse o mar encrespar. Noutra vez, uma bola de cerume rolou orelha afora. Eu comia um folhado de frango, acompanhada da Juniana. Passávamos o recreio no ginásio de esportes, lá em cima, entediadas e sentadinhas no último banco da arquibancada. Foi aí que Juniana, como se tivesse visto um inimigo, berrou, franzindo a imensa testa e apontando para minha orelha: "Tem um bicho aí!". Meti o dedo no ouvido. Inspecionei a cavidade e percebi que o objeto em questão tinha pelos. Não era um bicho. Era cera. Uma maçaroca esférica e peluda de cera. Ao tocar o corpo estranho fui muito rápida em meu julgamento. Fingi ser um inseto delirante. "Ai, que nojo, Juniana! Eca!" Corri para o banheiro. Fechei a porta da cabine. Contei até trinta. Dei descarga e, com a pálpebra tremendo, voltei para a aula depois de ouvir o sinal tocar.

402, RECANTO DOS TACOS SOLTOS

Meu apartamento não era ventilado e limpo como o de Neca. Nem asséptico e com cheiro de lavanda como a cabine do banheiro do colégio. Naquele lar as baratas não sofriam acuadas. Mesmo que, num mau dia, uma ou outra fosse esmagada pela ira existencial dos inquilinos (minha família), podia-se muito bem considerar nossa casa um local seguro para esses dóceis insetos de patinhas serrilhadas. Os insetos adoravam dormitar nas xícaras, explorar os recônditos dos nossos tênis, mergulhar no resto de água do garrafão, palmilhar nossas escovas de dentes. Havia um cheiro doce de barata que incensava nossa vida. Havia um consenso íntimo também. Eu fazia vista grossa à infestação dos insetos e, em troca, esperava que houvesse o mínimo de respeito da parte deles. O de não subir em meu rosto enquanto eu dormia, por exemplo. Na maior parte do tempo as baratas cumpriam nosso acordo tácito e permitiam que a vida fosse mais suportável. Muitas vezes eu esquecia delas e dormia enrolada no lençol fino e cheirando a sebo. Mas cedo ou tarde encontrava uma patinha solta na gaveta de talheres ensebados da cozinha, e a vida voltava a ser indecifrável, como o nosso apartamento escuro, onde a luz não batia na sala. Até porque não havia sala. Havia um depósito de caixas de papelão entulhadas de livros que esfarelavam com o tempo. Algumas das caixas tiveram que ocupar a varanda por falta de espaço. Então chovia, e as caixas ficavam encharcadas e depois secavam com o vento e o sol. Passados uns anos, elas viraram um monturo de mofo e de ninho de cupim. A ideia de abrir a porta de vidro com esquadrias enferrujadas era tão apavorante que decidimos não a abrir nunca mais.

ATÉ ZOMA PARTIR LEVANDO CONSIGO HUGA E ARIEL

E foi assim. Sobramos nós: eu, Berta e Lúcio e as baratas. Mas Lúcio gostava da rua e nela ficava o tempo que fosse possível. Ficava até o galo cantar e o sol subir. Quando voltava, rodava a chave com cuidado, verificava a mangueira do gás e fechava as janelas de correr deixando uma fresta. O vento assobiava mortiço, ninando nossa insônia adolescente. Na hora de ir para o colégio, Berta e eu catávamos nossos uniformes embolados no monte de roupa suja que jazia na área de serviço. Os caminhos intricados das rachaduras nos azulejos da área de serviço. Os azulejos amarelos da área de serviço. De onde avistávamos a vizinhança através dos buracos dos cobogós, o quintal úmido da casa grande, lavado com fortes jatos de mangueira pela empregada magra. A outra casa sem muros, em cujas paredes cresciam unhas-de-gato lenhosas. E o condomínio grã-fino, cuspindo varandas helicoidais, recheadas de samambaias. Lá fora tudo parecia estar em ordem. Lá dentro a louça era desencontrada, assim como os trapos de cama e de banho. Lá dentro os quadros estavam sempre por ser pendurados e as panelas exibiam depressões, nódoas pretas, tampas avulsas e cabos soltos. Havia uma camada de gordura na superfície dos poucos móveis de que dispúnhamos. E a ausência de sofá me envergonhava fundo. Lembro de abrir a geladeira e sentir um vapor frio e sulfuroso. Algum iogurte estragado. Uma bandeja de presunto — as bordas das fatias se enroscavam e enegreciam, manchas brancas de fungo tomavam a carne rósea e cresciam como espumas, pequenos conglomerados de algodão. Isso quando havia comida. Na maior parte do tempo não tínhamos nada para comer, então Berta e eu precisávamos pedir ovos para as vizinhas. Chegávamos do colégio cansadas, telefonávamos para Lúcio e pedíamos almoço. A gente tá com fome, pai. Ele suspirava e nos enviava um táxi. Seguíamos mudas e famintas no banco de trás, o motorista calado, o rádio da central abafado e ininterrupto, as ilhas tristes das avenidas ensolaradas correndo pela janela. Por fim aportávamos em nosso destino: um restaurante refrigerado, povoado de mesas redondas cobertas com toalhas de sarja branca. Espiávamos pelos cantos e encontrávamos Lúcio sentado lá no fundo, de cabeça baixa, concentrado e escrevendo em seu caderno de notas. Ao seu lado, uma tulipa de chope suada e pela metade, um prato vazio que abrigara havia pouco uma porção de rodelas de linguiça. Ele levantava seus olhos de gato sobre a borda da tulipa e perguntava o que queríamos.

Com as mãos grandes deslizava em nossa direção o cardápio com capa de couro e dizia: escolham. Eu sempre pedia o camarão gratinado no abacaxi. Berta, mais sóbria, ficava com o filé à Osvaldo Aranha. Uma jarra de água de coco para beber. E, de sobremesa, por unanimidade, duas mousses de chocolate moles e aeradas. Geralmente esses almoços eram regados a silêncio. Algumas poucas vezes eu o interrompia com uma historieta ou outra relacionada ao colégio. Mas, a despeito dos buracos negros e da temperatura baixa do ambiente — nossas pernocas frias, os pelinhos eriçados dos braços —, havia uma ligação forte que nos unia, um sentimento bruto de família, uma cumplicidade gelatinosa que nos protegia como uma placenta. Estávamos juntos. Éramos juntos. Os olhos de gato nos vigiando, perscrutando nossos caminhos íntimos, adivinhando nossos próximos passos. E no mesmo táxi voltávamos para casa arrotando mousse. Essa era a única refeição do dia. A não ser que pedíssemos ovos às vizinhas.

OS OVOS

As tardes eram longas e mornas. Muitas vezes a gente dormia. A TV ligada, o ventilador no rosto, as hélices imundas. Já era quase noite e Berta e eu acordávamos com a garganta seca e de mau humor. A gente bebia a água do filtro, que tinha gosto de ferrugem. Minha moleza era tanta que Berta saía e eu ficava deitada, com as canelas contra a parede. As solas sujas dos meus pés deixando marcas. Pequenos *esses* cinza. Os pôsteres das pinturas do Salvador Dalí entre elas. Um gafanhoto imenso. Um relógio derretido. Um elefante de pernas enormes e finas. Formigas, formigas, uma horda de formigas. Eu podia acompanhá-las mesmo estáticas na pintura. Ficava assim por muito tempo.

A TV ligada. As pernas para cima até os pés ficarem dormentes e azuis. O telefone me despertava do transe. O telefone que ficava na cozinha e cujo bocal tinha cheiro doce de barata. Era uma das vizinhas oferecendo ovos. E eu sempre dizia sim. O telefone ficava na cozinha, já que não havia mesmo sala. O que havia era o acesso interditado da porta de entrada (as chaves no intrigante bolso de Lúcio) e, na boca do corredor, uma barragem de grades, impossibilitando nossa passagem. As "grades" eram estantes de ferro vazadas que serviam como muro transparente. Do corredor, podíamos vislumbrar a montanha de livros, resmas, apostilas, potes de lápis sem ponta, canetas com tinta ressecada, furadores de papel, grampeadores, caixas de clipes abarrotadas de cartuchos enferrujados, caixas de sapatos repletas de objetos, compassos, réguas de diversos tamanhos e cores, tesouras preservadas em suas embalagens e uma fina camada de poeira e maresia cobrindo tudo de cinza.

TRINCHEIRA DE LENÇÓIS ROÍDOS

Lembro da primeira vez que senti ira. Odiei com fúria todos aqueles objetos quando entendi o que eles diziam. Planejei uma destruição aos chutes. Planejei unhar e balançar as grades e sujar minhas mãos como uma prisioneira. Planejei jogar baldes de água e sabão nos livros e nos papéis e em todos aqueles objetos imundos. Planejei abrir a porta de vidro embaçado da varanda e jogar as caixas de livros quatro andares abaixo. No meu quarto escuro, vivi toda a cena e chorei uma lágrima grossa e salgada. Fiquei quieta. Lúcio chegou cansado, rodando devagar a chave na fechadura. Conferiu a mangueira do gás na cozinha, alcançou o corredor e iniciou o ritual de fechar as janelas deixando somente uma fresta. Entrou em meu quarto escuro e viu uma maçaroca encolhida sob o lençol fino: eu fingia dormir e esquentava meu corpo com raiva. Suava sob o lençol, e minhas lágrimas e meus hormônios se misturavam num caldo grosso. E assim eu adormecia fundo. Lúcio deixava meu quarto e seguia em direção ao dele. Conferia os dois interruptores do corredor repetidas vezes. As luzes piscavam intermitentes, e os cliques invadiam meu sonho e se misturavam com meu mergulho, minha tormenta. Lúcio chegava ao pé da cama repleta de livros e pastas grossas e folhas plásticas e caixas vazias e palmilhas e cartões-postais e contas e cadarços sem par e agendas e convites e retratos e rolos de papel-jornal e calçadeiras de sapato e calendários e lembrancinhas de festa de aniversário. Tudo arrumado de uma maneira tortuosa, à deriva, embora seguisse uma linha quase harmônica, um caminho de formiga. Sobrava um pequeno espaço para Lúcio dormir. Em minha tormenta abafada, sonhei com minúsculas garras de duende avançando por debaixo da cama. Seus dedos finos e nodosos, afiados com pequenas unhas negras, tentavam me caçar. Eu me encolhia no canto do colchão, encostada na parede fria. Das bolhas que cresciam no lençol, e que eu explodia com tapas nervosos, brotavam borboletas de pelúcia branca. Aranhas delicadas de aço escalavam a parede e se misturavam nos desertos e nas falésias do Salvador Dalí. O espírito de Rona cruzava as pernas ao meu lado, soprando baforadas gordas de fumaça e entabulando uma conversa na outra em línguas guturais e incompreensíveis e nunca cedendo a uma pausa para que eu interviesse, para que eu pudesse expor meu ponto de vista. Rona era uma amiga mais velha que jamais olhava nos olhos. Um dia deu pra dizer que via um espírito acompanhando a gente (eu, Berta e Lúcio). Um espírito que cheirava a enxofre, vestia preto e provavelmente escapulira do casting de uma novela das sete. Rona estava certa; um sopro pesado suspirava uma nota grave de longa sustentação. Nossa casa era ruim.

A VISITA

Numa tarde quente um gafanhoto escapou do pôster colado na parede do quarto. Ele tinha o abdômen carnudo e era enorme, do tamanho de uma galinha. Exibia um verde-claro reluzente, e os olhos eram opacos e inexpressivos, como se usasse óculos escuros. Sua carcaça se dividia em compartimentos azeitados, e sua cabeça lembrava um elmo verde. Da boca eclipsada pelo rosto obtuso, de camelo, pendiam duas garras dentadas. As antenas compridas e rugosas tremiam sutilmente, e essa era a única evidência de que estava vivo. Suas patas serrilhadas, com espinhos grossos nas pontas, se dividiam em seis. As quatro dianteiras, mais curtas, e as duas traseiras, enormes, robustas, as coxas longas e rechonchudas iam dar em joelhos que lembravam polias arrojadas. Todo o corpo de cartucho em forma de linguiça era coberto por uma delicada camada de pelos finíssimos. As asas, encolhidas e rendilhadas como um brocado, uma cota de malha, permaneciam imóveis. Ele estava mesmo vivo? Na porta, eu permanecia estática como o gafanhoto, como as formigas, como as falésias do Dalí. Os móveis do nosso quarto ficavam amontoados numa lógica absurda, as camas em diagonais, as escrivaninhas voltadas uma para a outra, o guarda-roupa jazendo diante da janela, dificultando a entrada de luz. Eu e o gafanhoto ficamos parados como se fôssemos uma fotografia de um baile macabro, cuja corte débil se deixava conduzir pela dança de São Vito. Dançamos assim por um bom tempo. Até que notei em seu olhar sisudo um brilho. Pude vislumbrar uma minúscula pupila injetada. Então percebi que ele me odiava. O gafanhoto, que antes estava quieto, morto e apático — embora sua presença preenchesse todo o espaço do apartamento —, passou a mover-se lentamente, flexionando as patas traseiras, esfregando uma na outra e emitindo um som metálico. A pata dianteira se movia em perfeita harmonia com a seguinte, e com a seguinte, e com a seguinte, como um grampeador de aço. Por algum motivo, deixou a posição de estátua diante do meu guarda-roupa, ficou agitado e escapuliu do silêncio tumular. Voltou-se em minha direção, inflou as asas e passou a estrilar. Não pude permanecer em casa, meus ouvidos ardiam e coçavam ferozmente e das cavidades escorria um fio grosso de cerume e sangue. Alcancei as escadas e desci os quatro andares arfando como um coelho no encalço de um cão.

UM SOFÁ SOBRE O OUTRO, E NÃO HÁ UM SÓ LUGAR PARA SENTAR

Berta e eu andávamos de saco cheio uma da outra. Ao longo dos anos, ardia uma dinamite improvisada à base de fúria, hormônios, umidade, calor, desamparo logístico, sujeira, incompreensão sobre a vida, pó sobre os talheres, perna solta de barata incrustada no sabonete ressecado. Apesar de tudo havia os nossos sonhos bons, tais como: desenhar incessantemente esboços de quartos aconchegantes e fingir que se vive no hábitat ideal para uma adolescente limpa, bem-cuidada, respeitada, digna de receber edredons macios, abajures de luz tênue, cômodas higienizadas, e, claro, com todas as gavetas funcionando perfeitamente, roupas bonitas, cortinas diáfanas, tapetes felpudos, cortiça em formato de coração pregada na parede e abarrotada de fotos de festas de aniversário memoráveis; debaixo dela, um baú carregado de agendas entupidas de recortes da revista *Capricho*, assinada anualmente, sem que a dispendiosa assinatura fosse jogada na cara a cada vez que houvesse uma pequena discussão, incluindo os sonhos bons e todas as pernas de insetos imagináveis (alocadas nos canais do ouvido, por exemplo). Acho que o grande susto veio no dia em que Lúcio falou que era importante sentir fome. Depois do colégio, quando chegávamos em casa e não havia sofá para esticar as pernas e jogar os livros pelos ares, Berta e eu derretíamos de vontade de comer um belo prato de arroz, carne moída e feijão. Fantasiávamos com uma jarra espumante de suco de abacaxi. Mergulhávamos na possibilidade intangível de saborear, ao fim do almoço, cubinhos de sorvete de abacate, cobertos por uma generosa calda de leite condensado. Mas o que havia era um pinga-pinga incessante que inchava a pintura do teto, um pote de margarina onde repousava uma cebola velha. Havia também minhas questões quanto às roupas de Berta, visivelmente mais bonitas e preservadas e interessantes que as minhas. Então eu costumava surrupiá-las e manchá-las e perdê-las, o que fazia com que Berta estivesse constantemente irritada comigo. Uma vez, depois de não termos almoçado por mais um dia e de termos telefonado para Lúcio e recebido a sábia lição de que, sim, era muito importante sentir fome, Berta bufou porque não conseguia achar uma saia jeans. Então, já habituada a mentir, eu menti, já habituada a desafiá-la com ironia e desdém, eu desafiei Berta com ironia e desdém. Ela explodiu com uma fúria desconhecida e me disse com os olhinhos de gafanhoto, borbulhantes de alguma certeza gloriosa, esbravejando, você não sabe de nada, você não sabe de nada! Foi aí que ela abriu as gavetas quebradas da cômoda e tirou enfurecida todas as minhas peças de roupa, incluindo calcinhas encardidas e fitilhos avulsos e meias sem par e biquínis frouxos, então pegou toda a montanha de roupas e, como um estivador enérgico, lançou cada uma delas pela janela, quatro andares abaixo. Não satisfeita, catou todos os meus sapatos molambentos e jogou-os também janela afora. Lembro de ver o meu tênis amarelo traçar uma parábola perfeita e ir parar no terreno baldio logo à frente. Lá embaixo, no pátio comum, nossos amigos do prédio, e mesmo as vizinhas que doavam ovos, desviavam dos tamancos e das sandálias, berrando selvagemente sob a chuva de farrapos que pousavam em suas cabeças: "Não pa-ra! Não pa-ra! Não pa-ra!".

SOPRO DORMENTE, CHECAGEM

Eram como os de Jesus Cristo. Ossudos e brancos, veias azuis retorcidas e saltadas. Mesmo com unhas encravadas (os cantinhos nodosos e encrespados, lembrando os córneos de um bode velho), os pés eram elegantes, dramáticos e compunham um detalhe vistoso de Lúcio. Berta herdou pares semelhantes — e enormes, mesmo para alguém de seu tamanho. O tio Rubens costumava irritá-la durante as férias na praia. Ele fincava o calcanhar na areia úmida e traçava a reta mais comprida que conseguisse, usando a outra perna de apoio. Por fim, carimbava os cinco dedos na areia e perguntava fingindo surpresa: "Quem passou por aqui?". Morríamos de rir com a suposta pegada de Berta, até que uma onda apagasse a calcadura gigante, sem deixar rastro algum. O mar seguia indiferente, arrulhando espuma... Prumm, prummm... A respiração era um rastro. Os mesmos pés de mármore que mais pareciam mãos pousavam esticados, recebendo a luz anêmica que escapava da janela. Da rua, os faróis dos carros rareavam vez ou outra iluminando com uma intensidade débil os tubos de papelão ocos, os arquivos mortos, escaninhos vazios, revisteiros empilhados, cupons fiscais de farmácia, tampas de caixas soltas, refis de canetas secos e mais uma variedade de objetos pardos e cobertos de poeira. Brilhando entre eles e sobre o tecido áspero do colchão desforrado se assentavam as impecáveis plantas dos pés. Eu avançava o quarto de pouquinho em pouquinho; tarde da noite as goteiras pingavam mais mansas. A respiração suspensa do apartamento se confundia com a minha. Lúcio dormia em decúbito dorsal, o umbigo inchado revelando-se por entre as casas esgarçadas da camisa de botões. Sempre que me batia uma aflição, e sentia meu coração galopar no peito, ia até o quarto de Lúcio só para aferir a subida e descida de sua enorme barriga branca, a confirmação de que respirava e dormia como alguém vigoroso e com saúde plena e que jamais fosse desaparecer. Inspira, expira, inspira, expira. No escuro daquele jazigo de traças e umidade, recuperava o ritmo calmo da minha respiração, imitando a dele, sentindo no topo do cocuruto uma dormência irradiar e cobrir meu corpo num sopro morno e bom. A luz passageira de um carro acariciava meu rosto, me despertando do transe. Então esquecia que vivia no apartamento mais sujo do mundo e ia dormir em paz.

LÚCIO DEVOLVE PERGUNTAS

Até aqui eu e Berta já havíamos brigado como hienas, perdido nossa virgindade nas camas mais estreitas e experimentado todas as drogas ilícitas disponíveis no mercado. Eu fazia questão que todos os conhecidos viessem à minha casa para fumar maconha, inclusive aqueles que eu ainda não conhecia. O interfone tocava, eu atendia e o porteiro que não era burro nem nada anunciava com a voz empastelada o nome do visitante: É o seu amigo Carlinhos. Pode subir. É o seu amigo Samu. Pode subir. É o seu amigo Euvaldo. Pode subir. É o seu amigo Igor. Pode subir. É o seu amigo Glênio. Pode subir. É o seu amigo Marlos. Pode subir. É o seu amigo Bruno. Pode subir. É o seu amigo Maisena. Pode subir. É o seu amigo que vem aqui todo dia e tem os olhos fundos e as bermudas arriadas e o cabelo ensebado e um cheiro azedo e usa uma chinela de cada cor e veste camisa de bandas de metal pesado e costuma fumar cigarro picado e maconha adulterada com urina e tem por hábito tomar cachaça às talagadas e cheirar clorofórmio armazenado num frasco de desodorante barato. O palco para toda essa costumeira lambança era o meu quarto desconfortável. Sentávamos todos em semicírculo e passávamos o baseado de mão em mão. Eu fumava e tragava e, enquanto deveria estar estudando para a prova de eletroquímica, falava alguma palermice sem cabimento cuspindo fumaça e nasalando uma voz de pato. Derretíamos de calor. Nem percebíamos que o lado do LP havia terminado e então estávamos jogando tênis imaginário, agitando raquetes invisíveis no ar, enquanto usávamos a nosso favor o barulho da agulha batendo no adesivo do disco, marcando o fim do sulco. Nosso quarto se transformava em um submundo pegajoso, abarrotado de bitucas abandonadas, risadas débeis e bodum hormonal. Acho que o limite do circo foi quando um sujeito que eu não conhecia interfonou pedindo para fazer cocô na nossa casa. Ou quando Lúcio chegou de surpresa e nos surpreendeu com o baseado na roda e, valendo-se de sua voz Pretensamente Calma Usada Em Situações-Limite, perguntou que cheiro era aquele. Em seguida, com o mesmo tom monocórdio e quase desesperado, avisou que o vizinho era da polícia.

Lúcio morria de medo que a panela de pressão explodisse. Lúcio tinha pavor de cachorro porque uma vez levou uma mordida na cara. Lúcio não comia peixe porque guardava há trinta anos uma espinha entalada na garganta. Lúcio era o pior condutor do Brasil e certa vez dirigiu só por teimosia um trajeto inteiro sem sair da primeira marcha. Lúcio comia cebola como se fosse uma maçã. Lúcio perdera muitos dentes porque naquele tempo era assim mesmo. Naquele tempo, quando eu e Berta ainda éramos molecas, e Zoma e Huga e Ariel ainda viviam conosco, a noite caía e o carinho de Lúcio pelas filhas resvalava no pedido ritualístico para que escovássemos os dentes. Lembro de me sentir acarinhada com a insistência dele. Frequentávamos religiosamente o dentista e muitas vezes saíamos do consultório com "estrelinhas" na boca (ou grosseiras obturações de chumbo que tapavam os buracos deixados pelas cáries). Eu ia dormir salivando o gosto mentolado de pasta de dente e mergulhava em sonhos abafados, polvilhados com farelo de dentes. Triturava os cacos de dentes com os próprios dentes que restavam. Sofria, mas mastigava fundo, até que desarmassem o circo. Passava a ponta da língua na gengiva exposta. Ali, onde tinha havido um dente e não havia mais. A carne lisa e inflamada suscitando a memória dos berros alucinados de Lúcio, o desespero antigo, o cuspe malcheiroso escapando nas frases ferinas, proferidas no corredor do 402. Assim como Berta, Huga e Ariel, sou boa gente, escovo os dentes com vigor e deixo a louça nos trinques. Durmo com a barriga e a consciência tranquilas, enquanto a sirene fanha assusta o quarteirão escuro, revelando algo muito errado. Do outro lado da rua, um índio caminha como um soldado. Carrega consigo oito garrafas verdes. Tropeça numa irregularidade da calçada e quebra duas garrafas. Agacha e fica de cócoras. Permanece assim pelos minutos seguintes, como um sapo, observando o caco cilíndrico descer pelo concreto erodido, ouvindo o barulho fantasmagórico que a garrafa faz rolando calçada abaixo. Meu rosto aos poucos tomando a forma do rosto de Lúcio. Eu berro na cadeira retrátil, tapo os olhos, como se eles também fossem ouvidos, fugindo do barulho da broca, do olhar concentrado e indiferente do dentista. O gosto ferroso de sangue, o pico fino e lancinante da anestesia, o couro falso do assento fazendo a panturrilha suar. Acordo num espasmo abafado. Já é dia morno e procuro na bagunça da gaveta o uniforme sujo.

MAMÃO PAPAIA COM RASPAS DE LIMÃO

Lá para o meio-dia, quando a aula acabava, íamos todos para o self-service que ficava a poucas quadras dali. Quando digo todos, digo mais ou menos oito ou nove adolescentes famintos, incluindo o Gérson, que pesava mais de noventa quilos e respondia pela alcunha de Fausto Silva. A conta ficava por Lúcio. O Meira, dono do restaurante e seu antigo colega de trabalho, abria uma exceção e deixava as filhas do amigo e seus convidados em número irrestrito se abarrotarem à vontade, no modo "fiado", claro, e, quando pudesse — o período estipulado podia significar uma semana, vinte dias ou longos meses; tudo dependia do eventual "dinheirinho" que pingasse na conta de Lúcio —, aí sim, ele pagava o montante consumido pelas duas adolescentes famintas e sua corja empachada. Quando digo empachada, eu quero dizer 750 gramas da mais suculenta picanha assada na hora, mais quatro colheres grandes de purê de batata, três camadas de macaxeira frita, empilhadas porque falta espaço no prato, então é preciso empilhar as macaxeiras que pesam de gordura, mais uma generosa porção de arroz e outra de farofa, porque ninguém é de ferro, um tiquinho assim de feijão tropeiro, já que não é todo dia que se come feijão tropeiro, e, obedecendo à mesma lógica, duas fatias largas de lasanha à bolonhesa, duas latas de coca-cola para molhar a garganta e, se alguém tiver cortado o refrigerante da dieta, como a Mariana, a melhor amiga da Berta, fez depois de consultar um nutricionista badalado que cobrou os olhos da cara de seus pais, *então manda um suco de acerola de polpa com adoçante* e, de sobremesa, *um tiramisu geladinho, faz favor!* (Nas raras vezes em que Lúcio almoçava no self com a gente, não variava o cardápio e sempre pedia de sobremesa mamão papaia com raspas de limão.) O restaurante oferecia uma espaçosa varanda retangular revestida com porcelanato branco, onde recebíamos o carinho da brisa que vinha do mar rugindo a poucos quilômetros dali. Enquanto nossas panças espocavam a ponto de abrirmos o botão da calça sem a menor cerimônia, desabávamos no encosto mole da cadeira de plástico e respirávamos cansadas como jiboias empanzinadas digerindo um tatu. Lá, onde as varandas delimitadas por paredes pintadas de rosa-salmão acalmavam nosso espírito e os quadrinhos malfeitos tornavam o espaço mais aconchegante, sentíamos a alegria transitória de receber nossos amigos em um lugar limpo, organizado, cheirando a comida quentinha e que nos acolhia com funcionários transbordando solicitude em seus sorrisos sinceros e uniformes engomados. Até o dia em que, diante dos nossos colegas, esses mesmos obsequiosos funcionários nos impediram educadamente de encher nossos pratos alegando atraso no pagamento da conta e que, *por favor, meninas,* avisem para o sr. Lúcio que a dívida dele está *muito alta.*

TRICOTILOMANIA E ANOMALIAS DO FIO E DO COURO CABELUDO

Dei para arrancar cabelo durante meus banhos longos e falhados. O jato de água irregular era o resultado do entupimento dos pequenos furos no chuveiro. Foi preciso desenroscá-lo e furar com a ajuda de uma agulha a sujeira que se acumulava na passagem de água. Ao longo do tempo de uso, os orifícios comprimiam os jatos e alteravam sua rota, de modo que eles iam parar no basculante do banheiro em vez de aterrissar no topo de minha cabeça. Enquanto a água esparsa caía, eu extraía os fios irregulares, um a um, ensaiando canções inventadas: *Kaputin era um magiquinho, que era criança, e tinha a esperança, de sempre ser criança, mas um dia aconteceu a esperança dele morreu, ele cresceu, e com sua mágica, Kaputin voltou a ser a criança, agora toda vez que a esperança dele morrer, ela vai nascer com a mágica dele.* Desse tempo em que inventava musiquinhas ternas, lembro de pentear com Berta os fios longos e finos da cabeça de Lúcio. Ele cochilava numa cadeira de vime, enquanto eu e Berta, espichadas no alto do banquinho, fingíamos ser duas cabeleireiras altivas, compenetradas na execução de seu trabalho meticuloso. O pente deslizava no couro cabeludo de Lúcio, atravessando a risca do cabelo, deixando na pele fina marcas aparentes e rosadas. Lúcio pendia a cabeça para trás, numa completa entrega, até que as duas esteticistas infantes enfrentassem um nó nos fios fracos, repuxando um tufo frágil com violência. Ou até que o então entorpecido cliente despertasse da soneca, num grito dramático. Quando não penteava o cabelo de Lúcio, eu costumava me esparramar no chão frio, me entretendo com os cantos soltos das unhas e com o calo grosso que cultivava de tanto morder a junta do dedo mindinho. A pele morta despontava, me causando um frisson quase sensual. Puxava a pontinha com os dentes até descamar, sentindo uma aflição um tanto insuportável — aflição semelhante à que eu sentia quando Zoma tomava meus dedos para fazer um carinho comprimindo as pontas das unhas curtas na carne sensível do interior das minhas unhas. Era um carinho aflitivo e um pouco bom.

ANTES DE OS BARCOS PARTIREM

Filhas, já são cinco horas da tarde e Zoma está indo buscar vocês quatro na escola: Abigail, Berta, Huga e Ariel — nem acredito que Ariel já aprendeu o nome das cores. Estou aqui em casa fazendo de conta que vejo TV. Fingindo para mim mesmo. É muito bom poder inventar coisas para nós mesmos, e apreciá-las. É engraçado que nós podemos assistir na TV às mesmas coisas na mesma hora. Em qualquer lugar do país a TV é sempre a mesma e quer sempre o mesmo — que a gente deixe de ver as diferenças e semelhanças e não converse sobre a nossa vida. A TV quer exclusividade. Que coisa! Consegue! (Pessoalmente, não sou contra as novelas. Sou a favor dos meus assuntos.) Na novela que finjo ver, navios chegam, atracam e descarregam num porto. Outros navios já carregados apitam e partem. Da janela do arranha-céu, o mocinho trabalha e vê o trabalho dos outros, nos navios, ali na enseada. Mas do porto, os outros não veem o trabalho do mocinho em seu escritório, no arranha-céu. Acho isso muito interessante de pensar. Esta cartinha não tem motivo e está muito pensadora, né? Desculpem. Estou sem ter com quem conversar e escrevi desse jeito. Acho que vocês iam gostar de ver isso — o movimento dos barcos num porto. Vamos ver algum dia. Acabou de cair uma gota d'água nesse bilhete. Goteira chata. Temos que consertá-la. Filhas, estou aqui. Beijos de amor e alegria. Lúcio.

BARCO PERDIDO, BEM CARREGADO

Dada a escassez de víveres em nossa despensa, eu e Berta nos tornamos craques em inventar comidas. Embora preferíssemos sequências infinitas de colheradas de leite Ninho e farinha láctea (ambos deixando uma camada sólida e espessa no céu da boca), infelizmente tínhamos que lidar com o que dispúnhamos: água e sal. Aumentávamos nossa pressão arterial consumindo amostras de sal Cisne embaladas em numerosos saquinhos afanados dos restaurantes para os quais Lúcio vez por outra nos convidava. Lambíamos o indicador, púnhamos o dedo no montinho de sal sobre a mesa, lambíamos o dedo de novo, desta vez salgado, e assim, repetidas vezes, até a garganta arder. Para aplacar a sede recorríamos à nossa melhor criação culinária: o esplêndido Gelocop — oferecíamos a iguaria a todas as visitas que eventualmente frequentavam nossa casa e que aceitavam o bloco de gelo dissimulando bom grado, nos encarando sem conseguir disfarçar absoluta perplexidade. Hoje penso se aquele gesto era uma manobra inconsciente de protesto ou se de fato achávamos que o Gelocop era uma grande invenção que deveria ganhar o mundo (mais provável). A iguaria não era tão somente água congelada dentro de um copo de plástico com uma colher dentro. Depois que virávamos o copo, e dele sacávamos um compacto picolé de água, salivávamos de desejo, enquanto nossos olhos cintilavam de orgulho, como se o milagre da solidificação da água fosse atribuído a nós duas, pequenas inventoras brilhantes. O processo de derretimento até que durava um bom tempo, o suficiente para que pudéssemos saborear a sobremesa mágica, aplacando o calor e o tédio de um apartamento imundo. Na época das vacas gordas, esbanjávamos Quick de morango enchendo nossas bochechas com colheradas generosas do preparo de pó. Era preciso tomar muito cuidado para não cair na gargalhada enquanto ainda engolíamos o produto, caso contrário nuvens cor-de-rosa seriam baforadas na cozinha e aspiradas, provocando confusão mental e um acesso de tosse pink. Nessa época, quando todos nós morávamos juntos e Zoma repetia que era preciso comer uma saca de sal, sim, uma saca inteira de sal, para conhecer alguém por completo, eu sonhava com rolos de papel-filme revestindo tigelas de cerâmica branca carregadas de morangos, gomos perfeitos de melão, salada de frutas, exóticas cerejas. Todos devidamente desinfetados, conforme recomendação da OMS e exigência da Vigilância Sanitária. Na geladeira também encontraríamos um bom estoque de caixas de leite e de suco de laranja, assim como práticos tupperwares com divisória para queijo e presunto, de peru, claro, folhas de alface-americana higienizadas e prontas para uso, frascos coloridos de ketchup, maionese e mostarda, iogurtes dos mais variados sabores, exceto o de ameixa, graças à alergia de Lúcio à fruta, que uma vez quase fechou sua glote. Latas de coca-cola organizadas na prateleira lateral da porta, ordenadas ao lado da fila de mimosas garrafinhas de Yakult. Requeijão, geleia de framboesa e leite condensado à vontade, pronto para ser sugado na lata mesmo. Sorvete napolitano, sim, e de creme com passas, sim, como também Chicabon e farofinha de castanha, marshmallow e cobertura de caramelo industrializado. Na despensa, pirâmides geometricamente perfeitas de pacotes de biscoito de chocolate, Miojo de galinha caipira, assim como bolo pronto de milho, laranja e formigueiro. Quando despertava do sonho, sentia uma comichão tomar minha barriga, minha cabeça, minúsculas baratinhas partindo da moleira em direção aos olhos, causando tontura e aumentando a sensação débil e familiar de fome.

É MUITO BOM SENTIR FOME

Talvez a maior das lições de Lúcio. A segunda é que cultivássemos o pensamento livre, sem muitas certezas. Embora entendesse de uma maneira intuitiva e nada palpável o que Lúcio queria nos dizer com isso, eu me acostumei a exercitar a dúvida acerca de tudo. Por exemplo: a) portas fechadas nem sempre significavam intransigência ou desprezo da sua família. Podiam muito bem apontar para uma necessidade sadia de estar sozinho, assim como de manter seus objetos a salvo de pequenos acidentes domésticos e furtos. E se esses objetos significassem caixas de suco ou pacotes de biscoito recheado, nada mais compreensível, pois; b) caixas e mais caixas de papelão ondulado amontoadas umas sobre as outras e abauladas devido ao excesso de conteúdo e de umidade, cheias de traças e seus casulos cinza colados na superfície como minúsculas arandelas carcomidas pelo tempo, não denotavam desleixo, falta de higiene e ausência de asseio com o lar, pelo contrário, os escombros daquele grosso papel pardo brindavam o ambiente com um charme intelectual, sobretudo quando tomos coloridos dos mais diversos títulos despontavam das quinas gastas; c) o cheiro doce de barata não era atenuado exclusivamente com o hábito de limpar a casa, outra alternativa sempre à mão era esguichar o sumo da casca da laranja no olho de uma desavisada Berta; d) a ausência de liquidificador em nossa cozinha contrastando com a presença embaraçosa de um mixer encardido cuja hélice só atingia meras duas velocidades não constituía de forma alguma um motivo de vergonha pública, senão, muito pelo contrário, de alegria, já que sua falta podia ser facilmente remediada com o afogamento impiedoso do boneco Ken na privada; e) não possuir a lancheira da Hello Kitty, mas no lugar dela um estômago ácido e oco durante os vinte minutos de recreio (e nos intermináveis minutos seguintes de aula), significava também beijos longos e molhados em oito colegas de ambos os sexos escondidos sob risadinhas nervosas no cubículo do banheiro; f) avançar no mar até não dar pé não expressava essencialmente uma vontade mole e triste de desaparecer da Terra, mas o desejo romântico de ser uma sereia solitária patinhando de onda em onda à procura de um príncipe humano com topete brilhante; g) manter a escrivaninha em ordem obsessiva como o único lugar da casa em que de fato se possa exercitar controle e autoridade não é um sintoma de que a proprietária da escrivaninha não se sentia benquista em todo o resto da casa, mas de que se trata de uma menina asseada e admirável; h) padecer de fobia de gatos não sinalizava a fobia de algo que não fosse gatos, mas que, sim, esses pequenos demônios ágeis são mesmo medonhos; i) copos sujos mesmo depois de lavados não atestam a imundice dos habitantes de um lar específico, configuram apenas um descuido bobo de seus moradores; j) estática de televisão velha nem sempre é um tormento, pode muito bem funcionar como uma divertida luz de leitura durante a madrugada, bastando que se desligue o som; k) mergulhar tardes inteiras em um livro que vai cair na prova de literatura amanhã e empacar na mesma frase porque não há concentração que vença a bolinha de pingue-pongue quicando no piso do vizinho de cima não significa que se vá tirar uma nota risível, mas que se dará um jeito de ludibriar o professor com palavras difíceis, tais como pantagruélico, vicissitude e gnu; l) capachos grafados com um acolhedor bem-vindo exprimem ordem, asseio e lisura, embora não sejam itens mandatórios em todas as entradas de casas; m) dentes de alho brotando na geladeira não são tão asquerosos quanto parecem, podem muito bem ser interpretados como a manifestação do emocionante mistério da continuidade da vida mesmo sob circunstâncias adversas; n) comer um pote inteiro de doce de batata-doce em doze horas (substituindo café da manhã, almoço, merenda e jantar) não deve de forma alguma ser tachado como um hábito alimentar inadequado para uma adolescente em desenvolvimento, senão como uma prática exótica dada àqueles espíritos livres das regras impostas pelos ditames socioculturais; o) omitir a primeira menstruação de tudo e de todos e usar camadas espessas de papel higiênico como absorvente íntimo, antes de ser um sintoma de que a confiança nos outros anda confusa e abalada, aponta para maturidade e independência precoces, ou seja, é um motivo de orgulho inconteste para a mocinha em questão, assim como para todos os envolvidos; p) edredons nem sempre são itens obrigatórios e aconchegantes de um lar, por serem mais apropriados ao clima frio, pode-se muito bem prescindir deles. Raciocínio semelhante pode ser aplicado a jogos de cama não carcomidos por traças e com todas as peças preservadas (lençol de cima, lençol de baixo e fronha de travesseiro) e combinadas delicadamente entre si, pois, faça calor ou faça frio, todos dormem de olhos fechados — salvo Lúcio, que sempre dorme com um olho aberto e o outro fechado, crocodilamente a postos, caso alguém queira enganá-lo ou mesmo atacá-lo; q) depilação nem sempre é um recurso cosmético, não obstante é sabidamente considerada uma prática tola e dolorosa que as mães das minhas amigas inventaram para as filhas delas; r) cartões de vacina não precisam essencialmente estar guardados numa pastinha sanfonada (cada compartimento etiquetado com o nome de uma filha específica, dispostos em ordem de nascimento) até porque ninguém mais contrai doenças antigas e há muito erradicadas no país (exceto tétano, hepatite B e coqueluche); s) micro-ondas são bonitos, divertidos e práticos, mas sobretudo dispensáveis — principalmente quando explodem do nada dentro do aconchego do lar deixando feridas enormes e abrasivas no rosto de serelepes crianças de oito anos; t) cães também são mortais e jamais devem ser afagados. Quando da presença de uma dessas bestas-feras a primeira providência a ser tomada é subir imediatamente na mesa mais próxima e gritar com o dono, chamando-o de criminoso e maluco, afinal, como se desfila assim impunemente com um monstro capaz de morder o rosto de uma indefesa e introspectiva criança de oito anos cujo pai morrera de um AVC fulminante?; u) não significa mesmo que alguém seja maluquete se esse alguém desenha de maneira obsessiva labirintos nos olhos de menininhas molengas — como se lhes faltassem o esqueleto ou fossem todas constituídas de borracha — e que se acomodam entre os estreitos espaços comprimidos entre as espirais de caderno, nos blocos de notas avulsos, nas caixas de remédio, nos prospectos multicoloridos da pizzaria da esquina, no espaço entre um número e outro de centrais de urgência (polícia, disk-veneno, CVV etc.) arroladas na lista telefônica, ou mesmo fragmentadas nos tomos gordos e amarelados das listas telefônicas e na programação da TV a cabo; v) a sua casa não é tão tantã assim, mesmo que possa ser fielmente descrita como um ferro-velho de decodificadores de TV a cabo; x) usar sacolinhas plásticas de supermercado para guardar tudo, eu disse absolutamente tudo (alimentos, relógios sem bateria, certidões de nascimento, chinelas, pratos, bibelôs de louça, isqueiros, frascos de desodorante usados, caixas de óculos, tampas soltas, cartelas de comprimidos vazias, porta-retratos, xícaras, escovas de dente, contas vencidas de luz, talheres, borrachas, frutas esquecidas, pincéis atômicos, contas de água a vencer, pentes, boletins escolares, cartões de viagem de um parente distante etc.), não é tão horrível quanto parece, pelo contrário, é ecológico, higiênico (protege do contato com as baratas) e muito prático (caso a sacola esfarele devido ao tempo de uso basta substituir por outra novinha em folha); w) o barulho que a sacola plástica faz quando manipulada não é necessariamente desagradável, mas relaxante, já que emula o barulho do mar; y) descumprir todas as regras (não entre, não mexa, não leia) deixando pegadas e digitais na poeira que cobre o chão e todos os objetos e móveis precários do apartamento, cedendo corajosamente à curiosidade e ao tédio que mais uma vez foram maiores que o medo, está longe de ser a maior afronta à figura paterna já atribuída a uma filha; z) ouvir continuamente, diante de qualquer tipo de frustração ou quebra de expectativa, seu pai urrar *eu quero a morte!* e perguntar a Deus com insistência e fúria *por que a morte não me vem?*, ouvir essa sequência de frases repetidas vezes até que se memorize o intervalo de tempo entre uma frase e outra e então se possa repetir junto com seu pai e declamar em uníssono cada sílaba dos bordões, eu que-ro a mor-te!, emudecendo a voz e fingindo ser um ventríloquo insolente, por que a mor-te não me vem?, não passa de uma cena banal que acontece nas melhores famílias e não provoca nenhum tipo de mágoa ou de dor.

NÃO VÁ AO MEU ENTERRO

Berta sempre dava um jeito de escapar da nossa completa ausência de rotina. Passava semanas inteiras nas casas das amigas a ponto de ganhar calcinhas novas das mães das amigas. Já eu continuava vestindo minhas calcinhas encardidas e roídas por bichos e oferecendo-as aos primeiros amantes que eu inventava só para mim. As amigas de Berta se dividiam entre as loiras, as ruivas e as que viajavam todas as férias para a Disney. Do alto de seus saltos e plataformas de marcas caras, todas elas cheiravam muito bem, exibiam músculos delicados, ostentavam um bronzeado saudável e viviam gargalhando até fazer xixi nas calças. Berta era a mais engraçada de todas elas, motivo pelo qual sua presença era continuamente requisitada nos encontros de amigas (passeios no shopping, idas à praia, festinhas no play etc.) e nos momentos íntimos de suas famílias, tais como: viagens de fim de semana com a família da Mariana, viagem de um mês inteiro com a família da Mariana, bodas de ouro dos avós da Mariana, visitas hospitalares aos moribundos avós da Mariana, enterros dos avós da Mariana, aniversário do primo da Mariana, da empregada da Mariana e até da própria Berta, amiga da Mariana, uma vez que ela era "praticamente da família". (Em todos esses aniversários, nem eu muito menos Lúcio éramos convidados.) Enquanto Berta fechava os olhos e pensava com força e enrugava a testa e fazia um pedido antes de soprar as velinhas, Lúcio acompanhava as tramas da toalha de sarja branca da mesa de algum restaurante vazio, deslizando seus dedos de pontas quadradas. Já eu aprendia que para limpar o sêmen espirrado na barriga era preciso passar papel higiênico ou uma toalha antes de lavar com água, e não o movimento inverso, caso contrário o líquido ejaculado virava uma espécie de cola que grudava na lanugem em torno do umbigo, causando uma dor fina se eu forçasse arrancá-la. Com a barriga limpa, eu abria a porta do banheiro e me deparava com um sorriso meia-boca; o olhar frouxo do sujeito escapando para um ponto cego e eu não sabendo muito bem onde meter as mãos. O sujeito em questão podia ser dez anos mais velho do que eu como também parear com a minha idade, ter cabelo comprido, oxigenado com parafina ou cortado à escovinha, usar calça jeans riscada com caneta hidrocor, bermuda de Tactel ou sunga Zorba puída, tanto fazia, a norma imposta inconscientemente por mim, ou o padrão que foi se revelando aos poucos e depois virou motivo de piada entre minhas amigas (*Lá vem ela, Abigail e suas paixonites agudas*), é que via de regra nenhum desses rapazes que costumavam espirrar sêmen na minha barriga parecia ligar muito para quem eu era ou para quem eu sonhava ser. Em relação aos que se apaixonavam por mim eu fazia questão de não cultivar o menor interesse. Nada deliberado, mas algo me imantava em direção ao trágico. A procissão de paixões crescia conforme eu registrava seus nomes, características físicas e detalhes cruciais da nossa biografia comum, tais como: transei ou não transei, chupei ou não chupei, sofri ou não sofri. Uma vez, depois de levar um categórico pé na bunda na casa de um dos integrantes da minha trágica lista, levei um beijo na testa e uma porta na cara antes mesmo que o elevador chegasse. Fosso do elevador abaixo, só no térreo fui me dar conta de que tinha deixado a chave de casa no apartamento dele. Subi com o coração acelerado, temerosa de que ele, o sujeito do Não Tá Rolando, Vou Para A Puta Que Te Pariu, Beijo Na Testa, pensasse que eu estava inventando um pretexto furado para choramingar pelo seu amor mais uma vez. Dito e feito. Ele não só não abriu a porta como também me ignorou durante os dez minutos em que, primeiro, bati timidamente e num crescendo de cortar o coração me vi apertando a campainha de maneira contínua e furiosa. Um par de horas mais tarde, Lúcio me encontrou cochilando diante da porta do 402. Chamou meu nome algumas vezes, até que eu despertasse confusa no piso frio do hall e então explicasse que havia perdido minha chave e ele me desse a mão, respondendo com a voz mais bonita do mundo *tá tudo bem, filha, tá tudo bem.*

ABOTOAR A CAMISA DE OLHOS FECHADOS

O que Berta pedia quando fechava seus olhinhos cor de camelo e soprava as velas enfiadas no bolo de aniversário comprado por uma família estranha? Lúcio, envolto numa toalha de banho da cintura para baixo, comprido e branco como um saco de leite, fechava os olhos toda vez que abotoava a camisa de mangas longas. Um gesto também repetido por sua irmã mais nova e cuja origem permanecerá obscura ao longo dos tempos: Lúcio, de banho tomado, diante do armário ainda aberto, os olhos fechados, abotoando pacientemente cada botão da camisa. Seu rosto adquirindo uma expressão sublime; podia-se jurar ver por trás das pálpebras fechadas as bolas dos olhos se voltarem para dentro do crânio, num transe. Ou não pensava mesmo em nada e só reproduzia o gesto por repetição de um vício familiar, uma mania boba. A dobradiça da porta do armário rangendo. A batida da porta do armário sempre amortizada pelas cautelosas mãos de Lúcio. Do quarto contíguo, dava para entender que ele, sim, já tinha abotoado todas as casas da camisa, as pálpebras pelancudas e finas tremelicando sutilmente, já tinha, sim, fechado a fila de botões e agora sentava no estreito espaço que sobrava na cama atulhada de objetos cobertos por flocos de poeira. Do quarto contíguo, eu deduzia a partir de um discreto ranger de dobradiças que Lúcio, sim, já havia fechado a porta do armário e agora estirava na nesga de cama sobressalente a toalha molhada que antes se encontrava enrolada na cintura, sentando então com metade do corpo despida e se acomodando e abrindo com uma calma monástica a segunda porta do armário, numa velocidade que imitava o plano-sequência de um filme do Ozu. Então seguia avançando para a região das gavetas, onde poderia com muito silêncio e cuidado alcançar uma cueca e vesti-la, ainda sentado, até quando pudesse, espichando os músculos com maestria e graça e por fim levantando-se e repuxando o elástico da cueca já praticamente vestida. Quanto mais alto fosse o estalo seco do elástico rebatido na carne dura de sua barriga, mais alegre Lúcio estava. Então o vento soprava forte e vencia as frestas das nossas janelas sujas trazendo para dentro do meu quarto o cheiro do sabonete de Lúcio, os barulhos de Lúcio e a alegria de Lúcio.

ABIGAIL

Mesmo tendo recebido um senhor chute nas costas de um neozelandês com quem mantive um flerte sazonal (sempre pronunciando um suspirante *thank you* a cada vez que ele tinha um orgasmo) e levado sequenciais pés na bunda de homens de diversas origens (Caracas, Salvador, Paris, Curitiba, San Diego, Palmas, Madri, Sobral, Camberra, Moscou), sempre mantive a esperança e a fé no amor. Nas coisas do amor. No que o amor oferecia em termos de conforto e salvação. Enquanto Lúcio cavoucava uma ferida antiga (resultado da caspa que tomava seu couro cabeludo) e Berta limpava as paredes do seu quarto (depois que Zoma partira levando Huga e Ariel, Berta mudara para o antigo quarto delas, em cujas paredes desfilavam garranchos coloridos, desenhados com tocos de giz de cera), enquanto Lúcio cavoucava o topo da cabeça, desfrutando de uma prática engenhosa, comprazendo-se em arrancar do edema uma lasca muito fina de pele não muito morta que agora transpirava pálidas gotículas de linfa, enquanto Berta esfregava furiosamente a parede com uma esponja ensopada de água sanitária, eu escrevia poemetos de amor em meu caderno assinado com meu próprio sangue (resultado de um belisco da tesourinha de unha, mas sangue), em que narrava passagens como essas, melosas, trêmulas, irregulares e desenhadas com caneta BIC: "Se você soube lidar naturalmente com tudo isso que aconteceu, é porque não foi importante. Nossa história me desorganizou muito; não consigo me compreender, avalie as pessoas que eu amo". "Seus lábios rugosos às vezes tropeçavam nos dentes que pareciam ouvi-la com atenção." "PASSEI EM FRENTE À CASA DELE E VI A JANELINHA DELE." "Abraço o meu caderno. Descobri que ele é eterno: não sou só eu, cara a cara com a melancolia. Vi que o que criei foi um monstro, que cresce cada vez mais, que eu não controlo mais" "... e depois, no coração, um risco azul. Foi a coisa mais cortante que já senti. Chorei então uma lágrima enforcada pelo meu sofrimento." "Vou me isolar de tudo e de todos, viver na minha cama lendo, arrotando e comendo biscoito.", "25.06.94, ando muito decepcionada e triste com a boca." "SABUGO AMA ABIGAIL, ABIGAIL AMA SABUGO." "Espremi tanto o meu nariz que deformei meu rosto... vou contar como é que foi o meu réveillon. Primeiro o Rogério passou aqui, depois, no caminho da casa do Felipe, tomamos uma garrafa de sidra inteira. Chegando lá, o álcool já tinha meio que se dissipado (o Sabugo não saía da minha cabeça), mas foi legal. Na hora da virada comi doze uvas em menos de um minuto. Não senti muita emoção, só uma alegriazinha fraca por a Terra ter completado uma volta inteira ao redor do Sol." "O Sean é lindo e se veste superbem (mas o cabelo dele parece uma galinha)." "Primeira carta. Certamente, passas esse tempo agora com uma gazela sibila. Não me importo, posto que sentes prazer e estás feliz. Segurar na minha mão e lembrar que ela um dia já foi tocada por ti provoca em mim um prazer inesgotável. Eu te amo e amo tudo quanto fez e fará — já que o presente não existe, o passado e o futuro, sim, estão comigo e contigo. A tua voz, veludosa voz, e o umbigo mais caprichado de toda uma existência. Ó, Deus, quanto eu te venero! Quando te vejo, me transformo, viro lesma, o coração alcança taquicardia e meus olhos acompanham imóveis cada movimento teu e te contemplam, e tu me completas. Ah! Como me fazes me sentir uma rolinha! Não esqueça, te amarei até o Juízo Final." ESPAÇO PARA A RESOLUÇÃO DO CASO: FIQUEI COM ELE 3 VEZES E MAIS NADA. 5 VEZES E MAIS NADA. "Eu não sou natural, eu não sou eu. Penso até em espiritismo, várias almas interferindo na minha vida. Sinto essa sensação todos os dias." "As coisas não se repetem e você não é mais assim! Vai ter que reconstruir uma nova vida e uma nova pessoa! Como uma cobra que muda de pele! Não sonhe que o sofrimento tem recompensa porque não tem!" "Eu quero muito beijar o Caio e apertar a mão dele no cinema." "Tá mesmo uma titica de galinha isso tudo. Por que é que vivo rodeada de paranoias, por que é que eu não quero admitir que eu não tenho mais chance com o Bruno, que hoje o sorriso dele não foi de sono, mas de escárnio?" "Os piores dias são aqueles em que estamos conscientes dos gestos. Eu sou muito consciente e infeliz, acho mesmo que nunca vou ser feliz, não consigo. Enquanto eu *reconhecer*, não viverei." "Querido diário, eu estou com medo de crescer. Essa frase é patética, mas é pura verdade. Eu não formulei opiniões, eu não sei qual opinião eu vou tomar diante das coisas, eu não sei." "Felizmente conheci o menino dos meus sonhos, não é bem dos meus sonhos, mas chega perto. O Paracetamol foi a salvação da minha vida. Ele é sem sombra de dúvida a minha alma gêmea." "Desisti de ser amiga da Clau e da Neca. Nunca escutam o que eu digo, e se escutam é com desinteresse, só ficam me passando liçãozinha de moral. No Carnaval, por exemplo, eu estava com a Neca caminhando pela praia. Foi um trajeto insuportável. Durante todo o tempo, tive que aguentar ela fazendo umas carinhas nojentas seguidas de respostas monossilábicas, mesmo quando implorei para que ela fosse comigo andar de jangada, até disse que pagava a parte dela, o passeio custava uma mixaria, mas, já que ela é tão pão-dura que dói, dói fundo, dói mesmo, então eu implorei copiosamente, ainda assim ela continuou sendo irredutível, e disse que não queria ir porque não queria ir. Que raiva! Aí, é o tipo da coisa, *se Anália não quiser ir eu vou só* (no caso, era a Neca) e pela primeira vez eu decidi ir só, e a partir daí prometi a mim mesma ir sozinha da silva pelo resto da vida. Aí, quando eu estava subindo na jangada, encontrei o André por acaso (a maior coincidência) e fui passear com ele. Mergulhei em alto-mar, vi um boto dando sopa e o rastro cinza de uma arraia gigante. Foi muito legal. A muquirana da Neca, com aquela cara de copo de requeijão dela, ficou na pior. A Clau, então, nem se fala." "A situação está complicadíssima. Porque eu não amo completamente o Pedro, parece que o que eu sinto está dividido entre o Marquinhos e o Léo. Eu gosto mesmo é do Abutre, porque ele é esquisito e misterioso: 'te quero'. Acho que ele me marcou. Eu sei que ele é feio e fedorento, mas sei lá, ele é tão não sei o quê. Acho que é só fissura. Ele é doidinho da cabeça, fala como um débil mental e tem um terçol horrível no supercílio. Não vou ser mais tão oferecida, mas sinto que o amo, porque morro de medo de falar com ele." "Hoje acordei tarde e não senti felicidade pela vida." "Gustavo, o teu olhar era forte, o teu olhar é forte, e eu estou com ele até agora, dentro da minha mão." "É tão bom lembrar do teu pescoço que eu amo tanto. Teus pés tão masculinos e calmos. E a boca linda, não há palavras, só boca. Uma boca, um dente, um amor. Sapão, eu te amo tanto que me sinto mal." "Eu não estou vivendo um momento bom, aliás, tudo o que falo é repugnante. O meu ser é repugnante. É. Acho que não consigo sobreviver a esse momento, ele vai ficar comigo até o amanhecer da eternidade, e sempre que eu lembrar dele sentirei a mesma sensação de fome. A mesma. Aquele ardorzinho na boca do estômago pedindo *eu quero*, eu quero sair de dentro do meu estômago. Eu quero te ver. E conversar observando seus gestos e tecendo o fio da tua voz. Eu quero tocar no teu ombro e dizer: *já vou*. Mas isso não acontecerá. Acabou. Porque você está morto. Você morreu. Você virou uma goiabeira. Eu vi seus restos mortais. Se pegassem um pedaço do teu osso que eu vi guardado num saco preto ele se lembraria do meu carinho. Você então conversaria comigo e me levaria ao cinema, depois jantaríamos numa lanchonete, falantes e gesticulando muito, indiferentes ao romantismo da cena. Mas você não está ao meu lado nem nunca mais estará. Palavra cruel. Eu só queria um abraço seu. Só para eu poder mais uma vez sentir o teu cheirinho e ouvir o teu tímido deglutir de saliva. Você pôs o amor em minhas mãos, e eu o engoli, como se ele fosse um hambúrguer." "Querido diário, cadê a minha mão pisada?"

O CHUTE

Prefiro imaginar que não estava grávida quando o Sean me chutou as costas. Era alta madrugada quando o pé direito do neozelandês de um metro e noventa mirou a parte de baixo das minhas costelas antecipando o chute. Lúcio estava dormitando no bar, diante de uma tulipa de chope morna, a poucas quadras de casa, e só voltaria quando os improváveis galos da vizinhança cantassem. Berta, a muitos quilômetros dali, despertava com o incômodo provocado pelas queimaduras de sol, resultado de dias alegres na praia ou na piscina, e então abria um potinho deixado sobre a mesinha ao lado da cama de um dos tantos quartos da casa de veraneio da Mariana e passava mais uma grossa camada de pasta d'água nos ombros esturricados. Sean me chutou a primeira vez e eu contive o grito por orgulho. Houve um silêncio brutal, como se o mundo tivesse parado de rodar. Como se a população inteira do planeta exprimisse um soluço surdo antecipando a catástrofe. O segundo chute veio um tanto hesitante, mas veio e doeu mais. O terceiro e o quarto foram inexpressivos; creio que Sean reunia forças para aplicar o quinto. Foi quando eu gritei. Eu gritei alto o suficiente para que o dachshund idoso do 102 despertasse da soneca, três andares abaixo, e se danasse a latir em máximo estado de alerta até ficar rouco. Horas depois, quando Lúcio voltou do restaurante, cuidando para não tropeçar nos tacos soltos do corredor, eu dormia sob o lençol, fingindo ser um caracolzinho, enquanto um indiferente Sean zapeava a TV de algum hotel barato próximo ao calçadão da orla. No outro dia, os vizinhos comentavam a gritaria à boca pequena durante o galopante trajeto do elevador e depois se despediam com olhares de reprovação, sentindo-se profundamente civilizados. Quando acordei, notei um caldo morno entre as minhas pernas e vi que havia sangrado muito, coágulos enormes, grumos escuros.

MEU PRIMEIRO NAMORADO

Depois de muito penar sob as tempestades de uma incipiente vida amorosa atribulada, arrumei um namorado fixo que recebeu o epíteto de *meu primeiro namorado*. Um dia antes de conhecer o Aramis, eu tinha resolvido pintar meu cabelo de vermelho com a ajuda de um descolorante em pó e de uma tinta de farmácia. (O kit era o meu presente de aniversário, data em que Lúcio costumava ficar feliz e cantarolando pela casa.) Com a partida recente de Zoma, Huga e Ariel, Lúcio andava com o olhar perdido, esboçando discretos muxoxos, comprimindo os lábios finos. Nesse espírito soturno, Lúcio apareceu no batente da porta do meu quarto, onde eu, balançando os pés encardidos e deitada de barriga para baixo sobre o colchão exposto, escrevia no caderno assinado com meu próprio sangue. Lúcio assomou de mansinho no batente da porta e me desejou um cabisbaixo *feliz aniversário, filhinha*. Mal teve tempo de voltar à sua sentinela úmida, quando eu, me valendo de uma voz quase autoritária, pedi, pai, quero uma tinta de cabelo de presente de aniversário. Mas você vai pintar o cabelo? Vou. Você sabe pintar cabelo? Sei. Você tem certeza de que vai pintar o cabelo? Tenho. Quanto é? Lúcio me entregou vagarosamente as notas no valor exato do dobro do que eu havia pedido. Calcei uma sandália e desci saltitante para a farmácia vizinha ao nosso prédio. Em quinze minutos já estava de volta, diante do espelhinho rachado do banheiro, lendo as instruções das tintas. O descolorante soltava um pó fino e sulfuroso, que, somado ao calor das lâmpadas incandescentes do banheiro, queimava minhas narinas, me fazendo tossir sem parar. Lúcio gritava do quarto, tudo bem, filhinha? Cof tudo cof bem. Agora eu era ruiva. Dormi de cabelo molhado, deixando para sempre a fronha do travesseiro manchada de *sangue*. No outro dia peguei uma chuva forte no caminho que fazia a pé para o colégio (dez quadras). Indiferente às gotas gordas e mornas que refrescavam a manhã abafada, segui o mesmo percurso de sempre, cravado de rachaduras nos blocos de cimento do passeio, de onde as calibrosas raízes das amendoeiras saltavam. Quando entrei no colégio, percebi que o meu uniforme tinha ficado ensopado de tinta vermelha. O Aramis passou por mim e, virando o pescoço sem cerimônia, acotovelou o amigo ao lado, me provocando e apontando em minha direção, *ih, aquela menina tá menstruando pela cabeça! Vai um modess aí?!* Mais tarde, no bebedouro, ele se aproximou de mim e pediu meu telefone.

MEU PRIMEIRO URSINHO DE PELÚCIA

O Aramis tinha escoliose. E nojo de menstruação. Mas essa última peculiaridade só fui descobrir meses depois da festa do Morta. A escoliose descobri naquele mesmo dia, sentada sobre a mureta (ele me deu pezinho para que eu pudesse subi-la e depois se alojou por entre minhas pernas). Ali mesmo o Aramis me pediu em namoro, antes de me beijar, durante a festa de aniversário do Morta, onde os convivas balançavam a cabeça diante de um som mecânico que vomitava Brujeria e estourava as caixas de som e os ouvidos de quem ia à mesinha de plástico arranjada no salão de festas se servir de 51, Sprite ou loló. Enquanto Aramis deitava docemente as mãos sobre a minha calça jeans, ele ensaiou uma expressão séria, antes de me avisar que já tinha uma namorada; contudo, havia um pequeno detalhe a ser esclarecido: só ela não sabia que estava namorando ele. Minhas sinapses demoraram alguns segundos para entender que aquele era o pedido oficial de namoro mais fofo da história. Nos beijamos e eu fiz carinho em suas costas curvas. Seu beijo era morno e perfumado; o cheiro de amaciante impregnado em sua camiseta preta do Napalm Death me aconchegou. Àquela altura, era o dia mais feliz da minha vida. Uma semana depois já estávamos praticamente casados no que diz respeito a tempo de convivência (24 horas por dia, sete dias por semana, já que desde o primeiro dia dormíamos juntos, almoçávamos juntos, tomávamos banhos juntos e até fazíamos cocô juntos) e de brigas (chinelas eram lançadas em ambas as direções com fúria e ciúme, sonetos de declarações de amor eterno ou de pedidos de desculpas serpenteavam as últimas páginas dos nossos cadernos escolares, traçados com garranchos trêmulos de caneta BIC). Formávamos o casal mais legal da escola, da cidade e do país. O mundo era todo nosso, principalmente quando ficávamos as tardes inteiras enroscados em nossas caminhas pequenas. Aramis lambendo minha testa, amando minha barriga, eu apertando seus trapézios, contorcendo as minhas covas dos pés. A gente dormitava e despertava de longos cochilos sentindo a eletricidade provocada pelo contato das nossas mãos, umas nas outras, dos nossos olhos, uns sobre os outros, nossos lábios sempre colados uns aos outros. Nesse tempo indefinido que se estendia para muito além do último toque do sinal do colégio, realizávamos em nossos quartinhos encardidos estudos longuíssimos de pálpebras, cavidades nasais, interseções cartilaginosas de orelhas, reentrâncias de umbigo, meridianos de pestanas, cartografias de íris e investigações de nucas, pintas e coxas, até que caíssemos em sono profundo e por mais de uma vez fôssemos acordados pelo toque gasguito do sinal. Esse folguedo só era interrompido quando ocasionalmente tínhamos que nos separar por intermináveis poucas horas para ir ao dentista arrancar nossos sisos (em dois sisos estivemos nos consultórios dos nossos respectivos dentistas, apesar da negativa enérgica da secretária), comparecer a inadiáveis e/ou restritas reuniões familiares (sempre dávamos um jeito de escapar; embora no melancólico enterro da tia-avó Ivalice não houvesse como), fazer o Papanicolau (no meu caso), cirurgia de fimose (no caso de Aramis) e em todos os compromissos extraconjugais em que nossa família (a família de Aramis) exigia peremptoriamente que estivéssemos desacompanhados, que pelo amor de Santo Cristo nos desgrudássemos um minuto que fosse, pelo bem da privacidade de nossas famílias (a dele) e do nosso desempenho escolar (o dele). Mesmo assim, fazíamos de tudo para não nos perder de vista. Houve também o incidente na casa da Clau quando nosso grupo tinha que estudar para a prova de química orgânica e, embora eu tivesse suplicado para Clau, vai, Clau, libera essa pra mim, seu pai não era nada afeito à ideia de receber um marmanjo de jeans surrado, sobrancelhas raspadas, batucando nervosamente uma bateria imaginária nas próprias coxas e recendendo a Marlboro. Enquanto ela penava para descobrir a nomenclatura de um hidrocarboneto ramificado, eu catava o telefone sem fio, deitava no tapete persa e, na cara dura, antes mesmo de discar o número do Aramis, esticava minhas pernocas na parede da requintada sala da Clau. Depois de meia hora de conversa melosa e sem sentido, tu me ama?, mais que o mar? quanto?, a irmã mais velha da Clau abriu a porta da sala enfurecida e partiu para cima de mim arrancando o aparelho da minha mão e berrando que aquilo era um absurdo, que a bolsa dela tinha sido roubada, que o ladrão tinha cuspido na cara dela, e que ela estava tentando ligar em casa para pedir ajuda e que só dava ocupado e que ela estava muito nervosa e que eu era uma mal-educada, e que por favor eu me retirasse imediatamente dali. Fui correndo para a casa de Aramis com o coração aos pulos; naquela tarde só ficamos deitados, ouvindo o barulho das nossas vísceras trabalhando e sentindo a brisa do ventilador de teto. Bastou que eu salpicasse o primeiro beijo em Aramis para que esquecesse a descompostura que tinha tomado da irmã da Clau. Não transamos; eu estava menstruada (a Clau me deu um pacote de absorvente), e o Aramis engulhava com sangue.

COMO UM TODO

Lúcio está inclinado para a frente. Ele caminha com os pés descalços sobre o pavimento da via de uma cidade planejada. Os pés espremidos no formato de sapatos. As solas dos pés de tão finas salpicam com a temperatura alta grudada no cimento. O relevo bruto pinica a delicada pele de um Lúcio sem dor. Maior que todas as coisas terrenas. Na calçada larga, ladeada de grama seca, Lúcio caminha como um messias, exibindo as longas mechas e os longos fios de barba. A bata de sarja branca cobrindo o torso retangular de Lúcio, e as coxas de Lúcio, alcançando os joelhos angulosos de Lúcio; a calça jeans desbotada beirando as gentis canelas de Lúcio. Um halo circunscrito flutua ao redor da cabeça de Lúcio.

ESSES POTES SÃO PARA A DOCEIRA

Não sei bem se foi o Morta-Fome ou o Brotoeja que tirou Berta do sério. A gente jogava ludo no salão de festas do prédio e eu tinha escolhido o peão vermelho, porque o vermelho era sempre a minha cor e ninguém tascava, a Berta pegou o azul, o Morta, o verde e o Brotoeja se contentou com o amarelo que era uma cor de maricas. Enquanto a gente tirava nos dados números pífios, um, dois, ou no máximo três, um dos meninos começou a tirar sequências humilhantes de seis que davam direito a novas sequências galopantes de seis e até parecia que ele estava roubando e manipulando os dados, mas ele não estava roubando nem manipulando os dados, estava só ganhando dignamente e com muita sorte e pompa, e o peão verde ou amarelo avançava as casas deixando nós três para trás, uns reles mortais esparramados no chão grudento do salão de festas do prédio, como se fôssemos umas crianças abandonadas, mas nem éramos tão mais crianças e nem tão abandonadas assim, e o massacre ia se formando muito claramente e íamos ficando cada vez mais para trás, até que Berta explodiu, depois de implodir algumas vezes e de piscar os olhos de nervoso e de foguear as bochechas, que, eu bem sabia, era o sinal máximo de Berta virar bicho, até que ela habilidosamente pegou o tabuleiro com os dedinhos tesos e enfurecidos, lançando-o para cima, com as peças, com as regras e com tudo o mais flutuando pelos ares. O impacto foi forte o bastante para que um dos peões projetados em direção ao teto atingisse o bulbo de uma lâmpada e o transformasse em potentes e minúsculas armas brancas capazes de atingir o globo ocular do Brotoeja, que urrou de dor e agonia e acabou chamando atenção do porteiro, do dachshund idoso e do síndico do prédio e sendo levado para o pronto-socorro aos gritos, assustado com o sangue espesso que minava de seu olho esquerdo e com a possibilidade de ficar caolho para sempre.

QUERIDO PAPAI, UM BEIJO PRA VOCÊ

Querida filha, 2 beijos para você. Filhinha, não sopre no ouvido de quem está dormindo, mesmo que seja o do seu próprio pai; ninguém gosta. Filha, procure fazer o que as pessoas que cuidam de você gostam que você faça. Isso ajuda a essas pessoas amarem você. Vamos lembrar algumas. Acordar, escovar os dentes, tomar banho, mudar a roupa, ir ao colégio, almoçar, fazer os deveres, dormir cedo etc. etc. É muita coisa, mas as pessoas também fazem muitas coisas, além de quase tudo isso que você deve fazer, elas trabalham e cuidam das outras crianças além de você. É muita coisa, mas a gente brinca e tem os domingos e a TV. Viva a Xuxa e mais beijos do papai.

NOTA 3,5

A aluna supracitada teve zero em duas questões. Na II, porque cansei de dizer que não havia nação antes de 1821, portanto tampouco nacionalismo. Havia sim movimentos nativistas. Na III, respondeu sem responder. A resposta não faz sentido. A questão IV foi respondida corretamente. Na questão I, ganhou um ponto e meio pelo nativismo. Não respondeu ao que perguntei.

ABIGAIL, MINHA FILHA

Tenho que trabalhar em um projeto muito complicado. Preciso manter uma certa ordem aqui nas coisas de casa, onde trabalho. Quero contar com sua ajuda. Vamos conversar? Seu pai, Lúcio. Atenção: gosto quando você usa o videocassete, mas não precisa ser tão descuidada com as coisas, desarrumando tudo.

MORRA, SAUDADE

Abigail, eu quero todas as minhas coisas de volta e, caso você as tenha esquecido, segue aqui uma tabela para você lembrar. 1. Objeto: cueca. Cor: dourada. Tempo que tá contigo: três meses. Importância pra mim: segurar as minhas. Importância pra você: nenhuma. 2. Objeto: cueca. Cor: azul. Tempo que tá contigo: um mês e três semanas. Importância pra mim: idem. Importância pra você: idem. 3. Objeto: cabo de som. Cor: preta. Tempo que tá contigo: duas semanas. Importância pra mim: escutar som. Importância pra você: escutar merda. 4. Objeto: camisa do colégio. Cor: branca e vinho. Tempo que tá contigo: dois meses. Importância pra mim: ir à aula. Importância pra você: me fazer raiva. 5. Objeto: caneta. Cor: preta e dourada. Tempo que tá contigo: cinco meses. Importância pra mim: desenhar. Importância pra você: nenhuma. 6. Objeto: caneta. Cor: azul e branca. Tempo que tá contigo: uma semana. Importância pra mim: escrever poesia. Importância pra você: bolar na sua cama. 7. Objeto: camisa. Cor: roxa. Tempo que tá contigo: quatro dias. Importância pra mim: não ficar nu. Importância pra você: nenhuma. 8. Objeto: camisa do Venom. Cor: preta e branca. Tempo que tá contigo: dois dias. Importância pra mim: idem. Importância pra você: idem. 9. Objeto: camisa. Cor: todas as cores. Tempo que tá contigo: dois meses. Importância pra mim: nenhuma. Importância pra você: nenhuma. 10. Objeto: par de meias. Cor: branca. Tempo que tá contigo: três meses. Importância pra mim: ir ao colégio.

Importância pra você: fazer vôlei. 11. Objeto: par de meias. Cor: cinza. Tempo que tá contigo: quatro meses. Importância pra mim: esquentar meus pés. Importância pra você: congelar meus pés.

TAPA-OLHO

Estou dormindo há muitas horas, de barriga pra cima. A mão direita está pousada logo abaixo da minha cintura, a mão esquerda serve de encosto para a cabeça. A mão esquerda está há tanto tempo pressionada pelo meu crânio que inchou. Inchada também está minha orelha esquerda, depois de roçar por incontáveis horas no tecido ríspido do colchão. Ela duplicou de tamanho e ficou vermelha, quente e intumescida, como uma pequena lagosta. Meu rosto assim, relaxado e de perfil, até que é bonito, os olhos estão fundos, o nariz está grande (funciona muito bem nesse ângulo) e a boca, gorda, rósea, linda. Uso uma meia encardida para tapar os olhos da intensa luz do sol. O cabelo está áspero de tanto ser friccionado, e eu pareço um menino. Ensaio um movimento, mas meu corpo não responde. Insisto no movimento, mas meu corpo não responde. Respirar está se tornando difícil. A cada minuto me afogo mais. Começo a entrar silenciosamente em parafuso, mas me contenho: eu ainda estou dentro de mim. Sinto um fio embolado de cabelo invadir meus ouvidos, sinto cócegas. Alguns fios longos se instalam nas ranhuras entre as papilas da minha língua cinza, tento tossir. Sem sucesso, faço força para me entorpecer. A duras penas mergulho num sonho: é domingo à tarde e o ar está abafado, o porteiro não está na guarita. Abro o portão encostado, avanço pelo hall do edifício *Casamata*, cujo piso frio exala um cheiro forte de eucalipto. Subo dois lances de escadas, estou diante da porta do apartamento de Aramis. Está entreaberta, sigo pela cozinha atulhada de louça suja, driblo o pequinês triste que ressona encolhidinho no corredor da sala e abro a porta do quarto de Aramis. O ventilador do teto está ligado em sua máxima potência. O quarto de Aramis tem cheiro de corpo, o semblante no rosto de Aramis é de paz. Ao seu lado, Clau dorme em posição fetal, uma parte de sua cabeça encosta no ombro largo de Aramis. Os dois estão nus, mas um lençol fino cobre seus corpos saudáveis e exaustos. Sinto uma intensa dor de barriga. Acordo e mergulho nas reentrâncias da parede do meu quarto.

LÚCIO SONEGA INFORMAÇÃO

Meu romance havia chegado ao fim. Aramis tinha se apaixonado por Clau, e Clau, por Aramis. Aquele quarto sebento, em cujas paredes desenhamos com lapiseira B2 glosas e versos bobos, não era mais nosso; era deles. Segui para casa, tocando de leve nas plantas grosseiras que cresciam nos muros chapiscados do caminho. Feri intencionalmente as pontas dos dedos até coçarem irritados pelas substâncias nocivas das plantas. Cheguei em casa exausta e dormi por dois meses inteiros. Preocupados, Lúcio e Berta tentavam a qualquer custo me despertar do exílio silencioso. Berta me oferecia vestidos novos (de suas amigas), Lúcio me oferecia leite com Nescau (comprado às pressas na padaria). Ia para o colégio quando queria, e Lúcio assentia minhas faltas, a contragosto, mas intuindo o que me magoara tanto. Sabia que eu não podia. Nunca disse ao meu pai e à minha irmã como o meu primeiro amor, meu primeiro ursinho de pelúcia, havia chegado ao fim.

SUCO DE LÍNGUA

Ele pediu vodca e suco de melancia com o sotaque mais mongoloide do mundo: "Pu favorrr, querro com shuco de léngua". Não me contive e gargalhei alto. Ele sorriu de volta. Seus olhos eram azuis como os de um tubarão. Puxou conversa e em cinco minutos estávamos engalfinhando nossas línguas num beijo trôpego, às três da manhã, no meio da rua de paralelepípedos. Pedi um minutinho levantando o indicador, esboçando um sorriso safado e dando um gole na minha cerveja, que a essa altura estava mais morna que a saliva boiando em nossas bocas. Bebi mesmo assim. No meio do gole, senti uma bituca empapada que atravessara a latinha em direção a minha garganta. Cuspi desesperadamente, exagerando e apertando minha glote. Foi a vez do neozelandês rir da minha cara: "Me nomi é Sean, cuao o seu?".

CHEIRO DE GÁS

Enquanto Sean e eu conhecíamos todos os motéis da cidade, Lúcio checava obsessivamente a mangueirinha de gás do fogão. Se acaso alguém tivesse esquecido de fechá-la, ele urrava, levantava as mãos como um símio enfurecido, arrancava os fios lisos do cabelo, quebrava pratos com a própria testa, triturava a própria dentadura com os pouco dentes que lhe restavam, praguejava o próprio destino, deslocava o maxilar. A essa altura, Berta andava mais interessada em permanecer longe de casa mesmo. Já tinha sua cama cativa na casa da Mariana e só aparecia vez ou outra para pegar um item qualquer, um livro de geografia (a professora dera um ultimato, ou você traz o seu livro e para de dividir o livro com a Mariana ou você não assiste mais a minha aula), a certidão de nascimento, fotos de criança para compor o mural de cortiça da Mariana (o motorista da Mariana esperando pacientemente na refrigerada Toyota Hilux, quatro andares abaixo). Eu voltava do motel exausta e deparava com a cozinha em frangalhos, cacos de louça por todos os lados. Pai, o que houve aqui na cozinha? Nada, filhinha (variação recorrente de um *filhinha* passivo-agressivo cuja sílaba final tremelicava de fúria incontida), *nada, filhinha-a, eu que sou um filho da puta mesmo.*

CONJUNTIVITE

Sequer me dou ao trabalho de procurar. Não tem mesmo. Aspirina é luxo de casa ordenada. Assim como amaciante de roupas, papel-alumínio, desinfetante tira limo e saquinhos de aspirador. Tenho que jogar com o que tenho, e para curar essa ressaca horrorosa o único jeito é beber a quantidade máxima de água barrenta e engatar num sono reparador. Passar um bloco de gelo na nuca e nas têmporas e depois pegar carona na brisa serena. Ela lavando meus cílios pregados de secreção. Ela umedecendo o algodão no soro fisiológico e pousando os tufos geladinhos nos meus olhos colados, limpando sem pressa, com candura e amor. Um por um. Até que os pequenos pelos se desgrudem suavemente e despertem eriçados, ainda pesados pelas gotas de soro, mas frescos e recompostos. A luz entra machucando um pouco, mas insisto em abri-los de tão aliviada. Finjo uma espessa lágrima feita de água e sal diante da sua imagem bondosa. Ela sorri, alisa minha testa e pergunta como estou. Pergunta se aquela sensação de areia nos olhos persiste. Respondo que sim.

Embarcamos rumo à praia das falésias cor de tijolo. Lá embaixo, brancas e entalhadas na areia, uma lua e uma estrela pastoreavam o mar. Pegamos a estrada e fomos todos num comboio que incluía a refrigerada Hilux conduzida pelo motorista da Mariana; no banco traseiro, Sean, Berta e eu, e a Mariana, de joelhos no banco do carona, sem cinto de segurança, o corpo virado em nossa direção, as mãos grudadas no encosto de cabeça, rindo como um peru roufenho e falando sem parar; logo atrás vinha o desconjuntado Uno do Aramis, com a Clau de copiloto, claro, a mão direita batendo a cinza do cigarro para fora da janela, as pernas brancas esticadas, os pés pousados no painel. Na rabeira, seguiam Neca e o namorado, que já tinha idade para usar gel no cabelo, dirigir carros caros e gostar de jazz. Ao lado do nosso pequeno comboio, uma manada de vacas caminhava em procissão, cabisbaixas e silenciosas, balançando os rabos encardidos a fim de espantar a nuvem de mutucas que picavam seus lombos pontudos; uma criança magra tangia sem dó nem piedade a última vaca da fila. O congestionamento crescia e ainda não estávamos nem na metade do trajeto. O sol ardia a pino e a poucos metros da estrada podia-se avistar um bananal semiabandonado. Cruzes brancas e esparsas marcavam a morte de alguém (um adolescente musculoso e feliz? Um bebê cheirando a lavanda? Um índio incinerado?). Um bugre rosa buzinava ininterruptamente à nossa esquerda, na contramão. Sobre o asfalto fervente, um ambulante arrastava seu carrinho de picolé vazio com a tampa levantada. A água que antes tinha sido blocos de gelo servia de depósito para insetos mortos. Ainda no bugre rosa, um dos passageiros sem camisa levantava os braços, o elástico da bermuda frouxo revelando grande parte do rego franzino. Enquanto o bugre avançava aos poucos, o passageiro já de pé no banco do carona sacolejava os quadris estreitos ao som de uma música circular, cantada aos gritos. Vez ou outra envergava o tronco, expondo as pontas da espinha enviesada. Alcançou então duas garrafas de cachaça encaixadas nas ferragens do bugre e entornou a bebida, sorvida a longos goles, abocanhando os dois gargalos, sofregamente, em meio a cuspidas explosivas. Na sequência, berrava um demorado aaaaaiiiiii, esbugalhando os olhos e exibindo os caninos; cacos soltos de dentes perdidos na banguela profunda. Através da janela, Sean olhava para tudo aquilo com interesse antropológico, dando risadinhas com o canto da boca e balançando discretamente o pé ao ritmo da música que estourava as caixas de som. À nossa frente, um ônibus com evidente superlotação de passageiros tapava a nossa vista contribuindo para que a sensação de engavetamento se intensificasse. Com os braços para fora, os passageiros batiam sincopadamente as mãos queimadas de sol na lataria descascada do ônibus, em coro, cantando algum hino inaudível. A Mariana, já meio de saco cheio, começou a bater com os punhos fechados no teto da Hilux e a cantar uma espécie de marchinha: *todo mundo nu, dedo na boca outro no cu, trocou!* Sean começou a rir porque a essa altura já entendia muito bem o peso da palavra cu. Berta revirou os olhos, achando tudo muito imaturo. Engrossei o coro, soltando gargalhadas medonhas entre as pausas da marchinha e observando meus perdigotos aterrissarem na nuca rija do motorista que, distante de tudo, acompanhava uma improvável partida de damas travada entre as nuvens no céu firme.

Logo que desembarcamos na casa de praia (os cantos da alvenaria transpirando de umidade), tratamos de ligar o freezer (que cheirava remotamente a papagaio) e de pôr os inúmeros packs de cerveja e garrafas de vodca barata para gelar — nossas juntas estalando, consumidas pelo tempo arrastado dentro da Hilux. Berta providenciou um miojo de tomate para aplacar a fome. Agachou, abrindo a portinhola do armário abaixo da pia, e tratou de achar uma panela decente para cozinhar o macarrão. Um amontoado caótico de frigideiras, chaleiras, cuscuzeiras e panelas de pressão despencou lá de dentro, provocando aquele barulho de alumínio-batendo-em-alumínio, usado na sonoplastia de tombos em comédias-pastelão. Todos os itens da cozinha estavam cobertos por uma fina película de gordura, e, ao aproximar uma panela do nariz, Berta sentiu o cheiro de uma sopa milenar; respirou, encarou o utensílio e passou um fio de água em seu interior. Na varanda, que dava para a piscina e para a mureta que nos separava da rua principal, Sean já ensaiava uma dancinha carnavalesca lamentável, levantando os indicadores descompassadamente e arqueando os quadris com dificuldade, como se estivesse usando fralda geriátrica pesando nos fundos. Dentro da casa, eu escolhia o melhor lugar para armar minha rede, prezando por: a) isolamento acústico; b) circulação de ar; c) distância máxima do banheiro. Depois de alguma hesitação (eu tinha que ser rápida, antes que alguém escolhesse um setor mais vantajoso), acabei elegendo um lugar que não atendia aos meus critérios: de todos os cantos da casa se ouvia o som do axé cuspido pelos carros encostados na rua principal, e o ar estava morno e estagnado como uma mula. O jeito foi ficar longe do banheiro (que agora estava trancado, com mais de uma pessoa dentro, umas risadinhas abafadas escapando pelo vão da porta). Após uns longos minutos, Clau e Aramis saíram de lá com os rostos acesos: Aramis metido num collant de bailarina, equilibrando nos quadris estreitos um tutu cor-de-rosa.

GOLPE DE PANELA

Começamos com as latinhas de cerveja ainda mornas. Depois partimos para a cachaça e a vodca e adocicadas variações de caipirinha. Enquanto virávamos as bebidas quentes em copinhos descartáveis, uma nuvem de maisena pairava sobre nossos corpos elétricos. Sean, só de sunga, o cabelo esgrouvinhado de amido de milho, saracoteava o esqueleto como se estivesse sentindo calafrios ou "pequenhos macacosh subindo na pescosho". Desde que entrara na Hilux, mal encostara em mim. Quando eu o encarava inquisitivamente, e um tanto romântica, ele fazia uma cara de descompensado, botando a língua para fora. Fiquei na minha, bebendo meio quieta. Aquela alegria excessiva não me contagiou. Então eu fumava e bebia, fumava e bebia, sem nunca esvaziar o copo ou deixar faltar um cigarro de cravo na mão. A Berta também não trocara uma palavra comigo. Preferiu ficar na rodinha da Mariana (umas amigas gasguitas, que também passavam o Carnaval por ali, apareceram no fim do dia), recontando causos que só elas tinham vivido e que viraram piadas internas — a disposição para explicá-las também era nula. Neca e o namorado escolheram ficar numa pousada próxima, com TV a cabo e ar-condicionado. No comecinho da noite foram encontrar a gente na nossa casa alugada, mas acabaram reclusos e encostados na mureta, dando uns amassos longos, enquanto o cabelo fino da Neca voava na direção do vento. Sentindo o corpo dormente, vasculhei com os olhos a varanda, a piscina e toda a extensão do muro e não vi Sean por perto. Gritei seu nome, e ele não respondeu. Avancei para dentro da casa, abri as portas dos quartos e do banheiro, e até da despensa, e nenhum sinal de Sean. O calor subiu para as orelhas. Berta, tu viu o Sean? Mariana, tu sabe do Sean? Neca, algum sinal dele? Alguém, por favor, sabe em que buraco se meteu o amor da minha vida?

OVO GALADO

Ali, na calçada, dobrando a esquina, Sean saltitava num trenzinho humano segurando a cintura magra de uma morena. Deu para ver da mureta. Gritei seu nome, mas o barulho ensurdecedor das caixas de som de um bugre estacionado por ali engolfou meu apelo deplorável. Como se no meio daquele bacanal de Terceiro Mundo ele fosse soltar as mãos ossudas e enormes da barriguinha novidadeira e acobreada da morena feliz. Ainda ensaiei um *Sean, eu tô aqui,* mas eu mesma mal consegui me ouvir. Resolvi encher a cara com empenho. Talagadas densas nos gargalos das piores cachaças, goles destemidos de vodcas baratas parcamente misturadas a pequenas doses de Fanta laranja sem gás. Logo perdi a noção da realidade. A sensação dúbia de "o avião está pousando" quando ainda estamos a muitos pés do chão e o piloto não anunciou a aterrissagem. Borrões de rostos ardentes, o chão de terra batida vacilante, um mar de chinelas havaianas arrastadas por calcanhares rachados e sujos. De repente uma roda se formou no meio da rua e rostos desfigurados se aproximavam e braços esguios se esticavam como numerosos espaguetes de piscina em torno do meu pescoço. Sorri porque estava perdendo os sentidos. Sorri porque no céu avistei uma tampa de panela vindo de cima e cobrindo o meu campo de visão, tapando meus ouvidos e os buracos do meu nariz. Ainda respirava pela boca, mas logo pressenti um jorro amargo despontar do estômago, atravessar fumegante a garganta e ferir o chão da rua, deixando furos e uma poça de vômito na areia seca.

MÍSTICA NATURAL

Quando recuperei parcialmente a consciência, senti grãos de areia nos dentes e nos olhos e dedos frenéticos vasculhando por debaixo do meu biquíni. Eu estava com a cabeça encostada no meio-fio enquanto dois caras sussurravam entre si, *vai rápido, elas estão voltando, tá até molhadinha, safada.* Eu tentei gritar, mas o que saiu da minha boca foi uma gosma quente de saliva grossa e bile. Eu tentei fugir, mas o que consegui foi movimentar os braços e as pernas em espasmos débeis e quase imperceptíveis. As amigas da Mariana, que me acudiram depois que desmaiei no meio do mela-mela e que pediram gasguita e encarecidamente para que seus namorados dedicados cuidassem de mim enquanto elas iam procurar por Berta, voltaram de mãos abanando. Nada de encontrar Berta pelas redondezas. O jeito era me carregar até o posto de saúde mais próximo e implorar à plantonista mal-humorada e arrastando as chinelas que me aplicasse soro com glicose na veia. O açúcar me tirou do coma alcoólico depressa. Abri os olhos grudados de maisena, a luz dura do posto me obrigando a fechá-los, e lamentei com um pesar doído que eu tivesse recuperado a consciência. Desmaiei de propósito. O sol estava forte, já no meio do céu. Quando voltei a abrir os olhos, resignada, me vi deitada de bruços num gramado que se estendia em declive. Aramis, ainda vestido de bailarina, dormia sobre as minhas nádegas expostas, fazendo delas um travesseiro improvisado. Um reggae indolente tocava longe. Levantei cambaleante e Aramis seguiu rolando pelo gramado e dormindo como uma múmia. Saí andando, descalça, ainda tonta e coberta de maisena, tentando sugar sem sucesso uma quantidade mínima de saliva para umedecer a boca. Quando alcancei a rua e pus o pé descalço no asfalto quente, senti a sola fritar e tropecei no susto. Acabei lanhando a lateral da coxa direita numa cerca de arame farpado. Voltei assim para casa; o 402 me esperando a trezentos quilômetros dali.

AS COISAS NÃO PRECISAM DE VOCÊ

São cinco horas da tarde de um domingo abafado e Lúcio desenrola o fio do telefone. Antes de iniciar o processo de desembaraçar a fiação emborrachada, ele estuda sentado diante do aparelho telefônico cada detalhe do caminho que a linha contorcida faz. Passados alguns minutos, Lúcio decide começar a tarefa pousando as mãos delgadas como um par de aranhas, equilibradas no emaranhado de fios. Cada gesto é calculado, e Lúcio quase nunca erra. Nas poucas vezes que dá um passo em falso, estala a língua, ralhando consigo mesmo. No quarto ao lado, Berta espalha argila negra no rosto. A máscara promete limpar os poros, deixando a pele mais clara e macia. Berta aproveita o tempo de ação da argila depilando as pernas com uma gilete enferrujada e hidratando o cabelo com creme rinse, aquecendo-o com uma touca térmica ligada à tomada. Berta assovia a melodia de uma canção que diz: *as coisas não precisam de você*. Enquanto Berta cuida de si e Lúcio cuida do fio meandroso do telefone, eu levanto as minhas pernas na parede fria, formando um V, os dois joelhos encardidos. Estudo a cicatriz que ganhei do arame farpado ainda ardida na coxa direita. Acho-a parecida com uma cicatriz de cesariana, e rio em pequenas convulsões mudas e não menos histriônicas ao imaginar um neném sanguinolento, empapado de vérnix caseoso, sendo extirpado da minha coxa.

SONHOS DE SALITRE

Querido Deus, quem me dera houvesse cascas de frutas e de legumes no lixo daqui de casa. Oxalá os cestinhos transbordassem chamando moscas. Santo Deus, sonho todas as noites com o odor agridoce de lixo, com a viscosidade do chorume, com o azedume de uma fruta passada, de uma macarronada vencida. O pó do café se misturando a uma lata aberta de ervilhas, um pedaço de papel-toalha úmido de sangue de frango. Um talo de pera, uma tampa de iogurte, resquícios de arroz ressecado. Oh, Deus, entupa a minha lixeira de restos de cascas de cenoura e feijões velhos, sobrecarregue as sacolas plásticas com pães endurecidos e bolachas moles. Potes de maionese estragada, tetra paks com restos de leite azedo, nacos de queijo tomados pelo bolor. Um resto de patê que enrijeceu na borda do prato. Um prato bonito, com o fundo riscado.

GRITAR PARA O MAR

Na primeira fileira, sentados ao longo do extenso banco de madeira escura, estavam eu, Neca, Juniana, Clau e o resto da classe, suando no buço e nas axilas sob o fraco vento dos enormes ventiladores colados nas paredes do auditório. A turma da Berta, uma série abaixo da nossa, sentava em burburinho, duas fileiras atrás. Enquanto o espetáculo não começava, baixei a cabeça, como que para pegar fôlego. Passei então os olhos pelo desfile de palavrões talhados com estiletes no assento de madeira. Pau, cu, xoxota. Em torno das palavras, pairavam desenhos toscos de perus alados e xanas reluzentes e, entre as imagens, frases soltas estampavam ofensas "Clau dá o rabo", "Mariana chupa rola", "Neca puta do metal", "Juniana é pau no cu", "Abigail pegou aids do gringo". Não dei importância e até ri discretamente da xoxota chamejante de cujo centro parecia brotar uma pequena língua. Um silêncio encheu o auditório abafado, como resultado das palmas autoritárias que a coordenadora nos impunha. Ela também suava no buço. E, depois de nos encarar com olhinhos tensos de galo de briga — Clau discutia ruidosamente com Neca algo relacionado ao cabelo do Dave Mustaine, o vocalista do Megadeth; a Juniana, quieta no meio, com um roxo no pescoço, recebia resignada a chuva de perdigotos —, acenou para as duas alunas responsáveis pela cortina, e logo as alunas gesticularam em direção à coxia. O palco estava escuro. Alguém assoviou da plateia. A diretora pediu silêncio deixando escapar um pouco de pigarro. Alguém arremedou um pigarro forçado. Já iniciavam uma sequência de gargalhadas estrondosas quando a luz branca irrompeu do teto revelando um Aramis desconhecido, o cabelo besuntado de gel, penteado para trás, o corpo empedernido, envelopado num smoking alugado, provavelmente um tamanho maior que o dele. Aramis parecia flutuar sobre o palco, e estava dolorosamente lindo. Meu coração acelerou em seguida se comprimiu como uma esponja. Depois de namoricar um ou dois meses com a Clau, o meu primeiro ursinho de pelúcia resolveu tornar-se um predador de meninas, escolhendo suas vítimas sem distinção de idade, raça ou religião e, especialmente, valendo-se da lábia esmagadora e dos olhinhos de labrador, arrebatando os corações desarmados das mais novas. Agora era o corpo delas que pesava sobre o dele, era o corpo delas que se contorcia sobre o dele, adivinhando um prazer que Aramis sabia apresentar como ninguém. Do palco, ele, encarnando o mestre de cerimônias, desejava bom-dia a todos os professores e alunos. Tossiu charmosamente, tirou da lapela um lenço amarrotado e fingiu limpar os lábios antes de anunciar os nomes de cada integrante do grupo de dança As Faiscantes, que agora abria a competição representando a sexta série na Semana Cultural. As luzes apagaram-se e desta vez as alunas responsáveis pela cortina puxaram as cordas com empenho. As pesadas cortinas de veludo vermelho retraíram-se aos trancos. No fundo do palco, letras enormes de papel-alumínio, coladas sobre um tecido preto, anunciavam em caligrafia eletrizante o nome do grupo de dança, que, no escuro do auditório, já se formava em silêncio no palco. Os primeiros acordes do hit "Notorious", do Duran Duran, sobrevieram sincopados com o jogo de luz que faiscava por todos os lados, simulando um curto-circuito e revelando em rompantes de brilho as dançarinas apoteóticas, vestidas em collants de lamê prata, sob uma magra fumaça de gelo seco. *I can't read about it, burns the skin from your eyes.* A plateia ainda assoviava ensandecida, enquanto as dançarinas levantavam do chão erguendo os braços em movimentos bruscos, como se imitassem robôs; depois, os cotovelos no alto, iam descendo sensualmente as mãos, agitando os dedos. *Lay your seedy judgements, who says they're part of our lives?* As Faiscantes uniam os punhos e em seguida jogavam os ombros para trás num movimento circular. Seus rostos cintilando de purpurina, mesmo carregados de uma expressão grave, não escondiam a completa entrega à coreografia e, mais, uma reverência a algo muito maior do que elas, do que a banca de jurados formada pelos professores de história, literatura e filosofia do primeiro ano. As Faiscantes ali, sacolejando seus corpinhos em desenvolvimento, prestavam homenagem, sem mesmo o saber, ao grande mistério da arte e da vida; o olhar de todas elas direcionado como lanças para muito além da quarta parede. Foi no olhar da dançarina principal que, nesse instante congelado no tempo, pesquei um movimento humano e fugidio em direção ao Aramis. Da ponta do palco o mestre de cerimônias lançava um beijinho cúmplice no ar, contraindo os beiços e depois o capturando com a mão direita para que pudesse arremessá-lo com o impulso necessário e atingir em cheio a voluptuosa boca da dançarina principal. Ela sorriu discretamente ao receber o beijo de Aramis. *I hear you're lonely, don't monkey with my business.* Mal percebi meu corpo vulcanizar de ira. Minhas têmporas inflamaram e o maxilar trincou como uma porta emperrada. Línguas de fogo de amargura e ciúme tomaram meus gestos que culminaram no meu velho tênis amarelo preso à minha raivosa mão direita e depois arremessado furiosamente em direção à cabeça do Aramis. *No-no-notorious!* Ele recebeu a pancada com susto mas, conforme atinou a origem daquele tênis encardido, já que o impacto fora insignificante, Aramis limpou a testa com o mesmo lenço que usara havia minutos, lançou uma piscadela em minha direção e deixou o tênis aterrissar e desaparecer no canto do palco, onde As Faiscantes, os braços espetados para cima, para os lados, encerravam gloriosamente o espetáculo sob uma chuva de aplausos, assovios e ovações.

LÚCIO, MEU PAI

Se você existe, Deus acertou em cheio. Está tudo nos conformes: o sol nasce no leste e se põe no oeste, os pássaros cantam, as pessoas conversam, os peixes nadam e os carros avançam os sinais. Está tudo nos conformes, papai. Está. Eu me repito e te amo com tanta gratidão e verdade que fica pouco e bobo tentar te dizer por aqui. Beijos da sua filha, Abigail.

ESPINHA DORSAL DE SARDINHA

Minhas mãos coladas no chão. A língua crispada, fora da boca. Estou sobre Berta, sinto seu hálito de ovo. Ela ri de nervoso. Estamos nos abraçando e rolando pelo chão frio. Vestimos fraldas pesadas de xixi. Nossos troncos roçam um no outro indiferentes, fingindo ser um só corpo. Berta agora está por cima, ela produz ondulações na barriga que colam no meu tórax em ondas mornas. Berta encosta cuidadosamente a testa fria na minha, me encarando fundo nos olhos. Entro em sua íris rajada e castanha, acompanho a dilatação pulsante da pequena pupila. O hálito de Berta me sufoca de tão úmido. Sua pequena coluna desponta sob a pele. Ouço-a respirar pela boca, enquanto enrijece os dedos das mãos e dos pés para manter o equilíbrio. Sou sua presa prognata. Ela é minha cúmplice dentuça. E estamos gargalhando como doidas porque somos puras, alimentadas e felizes.

CÉU VERDE

Andava com uma dor de cabeça diferente da costumeira dor de cabeça da fome. A dor de cabeça da fome confundia as ideias, me fazia trocar as palavras de lugar ou de sentido. Por exemplo, em vez de dizer: *Berta, me empresta a tua Melissinha transparente*, eu dizia, *Berta, me empresta a tua Melissinha invisível*. A dor de cabeça que andava sentindo havia dias era mais sutil e não menos desagradável. Fazia lembrar a todo instante que carregava um crânio pesado sobre o pescoço. Que meu cérebro estava vivo, agitado como uma chaleira antes de começar a chiar. Também andava sentindo umas fisgadas no pé da barriga. Às vezes elas eram tão fortes que tinha que me curvar e prender a respiração, mesmo que eu estivesse no meio da aula de Biologia, enquanto o resto da turma ria da sequência trava-língua das palavras *mórula, blástula, gástrula* e o professor percebia a minha posição encurvada no meio da balbúrdia e então perguntava em voz alta se estava tudo bem e eu respondia com a cabeça enfiada na mochila derramada sobre a carteira e levantando a mão direita como se dissesse *tá tudo bem, professor, mas espera um pouquinho*. Abigail, você quer ir à enfermaria, você quer ir ao banheiro? Não, tá tudo bem, professor, espera só um pouquinho. Não aguentei, pedi para que me liberassem mais cedo e, talvez porque eu estivesse com o rosto cinza, os lábios verdes e os olhos fundos, eles deixaram que eu voltasse para casa, depois de avisarem Lúcio pelo telefone, conforme prevê o protocolo do colégio. Lúcio não me pediu um táxi. Ficou esperando eu voltar, no pequeno espaço disponível da cama, entre um cochilo e outro. Um olho aberto, outro fechado. Atento a cada discreto barulho na porta. Voltei as dez quadras a pé, fugindo do sol forte, me curvando como um caracolzinho e interrompendo a caminhada quando as fisgadas não davam trégua. Assim que cheguei, esbaforida, e as portas ensebadas do elevador se recolheram num guincho familiar quatro andares acima, resolvi descansar na escada do prédio. Fiquei um tempo deitada sobre os lances que separavam o quarto do quinto andar; aproveitando a temperatura baixa do marmorite que revestia os degraus, enquanto Lúcio me esperava, no 402, se fingindo de morto. (Dizem que o céu costuma ficar verde antes da chegada de um tornado. E os cientistas, ainda hoje, não sabem explicar muito bem o porquê.) Depois de algumas horas, Lúcio resolveu descer até o térreo, para olhar a rua, vigiar o entra e sai do prédio, julgando que sua aproximação física da rua imantasse o meu espírito e fizesse com que eu voltasse logo para casa. Lúcio faria perguntas capciosas ao porteiro pouco confiável e ao zelador retraído e a qualquer condômino que mantivesse relações estreitas comigo, como, por exemplo, uma das vizinhas que nos cedia ovos. Mas, ainda no hall, antes que apertasse o botão para chamar o elevador, um Lúcio angustiado e ansioso entreviu o solado de um tênis amarelo e sujo despontar das escadas. Inclinou o corpo para a esquerda e me viu desacordada, os lábios esbatidos, as pernas soltas, os olhos frouxos, sem vida. No degrau, onde eu apoiara minha cabeça, uma poça de vômito verde e luminescente refletia a luz de emergência da rota de fuga das escadas.

PERÍODO DE DEFESO

Lúcio congelou os músculos e me chamou pelo nome no diminutivo. Não tendo resposta, Lúcio se acocorou com certa dificuldade e pousou delicadamente a palma da mão morna sobre a batata da minha perna. *Filhinha?* Ainda sem resposta, Lúcio subiu as mãos para as minhas costas encurvadas e sacolejou meu corpo com ternura e um pouco de desespero, firmes como costumam ser os pais em estado de alerta. Despertei então de uma tempestade. Nuvens de parede crescendo pelas laterais, brotando do chão. A massa sólida ganhando um corpo acinzentado, reunindo detritos e assumindo forma de funil. Ainda enjoada, reconheci com dificuldade o rosto vincado de Lúcio e disse com uma voz cavernosa, a saliva grossa grudando nos cantos da boca: *não estou enxergando direito, pai, estou quase cega, pai, quase cega*. Lúcio fez que não ouviu e com as mãos rígidas tentou me tirar dos degraus sem sucesso. Meu corpo esparramado ganhava um peso extra, muito além das possibilidades físicas de Lúcio. Concentrado em me remover dali, Lúcio pediu, *coopere, filhinha, coopere, vamos pra casa, vamos*. Sob uma nuvem espessa, recuperei o controle dos meus braços e pernas e me levantei com a ajuda de Lúcio, segurando a mão de Lúcio, como se ela fosse um arrimo de pedra. Enquanto atravessávamos o hall em direção ao 402, Lúcio agarrou meu ombro para que eu não tombasse no chão frio. Ainda me apoiando com a mão direita, abriu a porta da cozinha com a mão esquerda, me encaminhando com paciência até meu quarto. Durante o percurso, pude ouvir sua respiração compenetrada e adivinhar o seu suplício.

MARCA DE BCG

Não consigu ficar quieto, não expero que voce responde, mas eu quera que tu sabe, que eu estou muito desculpa pelu jeito que tratei voce. Eu mi arrependu mucho. Ninguém merecі um chuti por nenhumma razon e eu está errado. (Nenhuma resposta.) Tudo bem, Abigail? Tem saudades de voce. Pode fala comingo? Po favor. Eu sabe que vc penso que eu maltratei vc, e isso e o verdade. Desculpas pra isso. Mas tambem eu acho que a gente tinha muitos tempos boas, increvils. Quando eu olho pra os fotos do Brasil, eu querio voltar pra isso epoca. Eu sei que e nao possivel. Mas eu acho que a gente pode ficar mas amigavel, ne? Me manda um carta com um beijo no fim, por favor, pra amor de amor. Espero que tudo e muito bom pra voce. beijos de saudades, Sean. Oi, Sean. Eu estou com saudades de você também. Eu sempre sinto saudades, mesmo quando estou com você. Às vezes essas saudades me deixam doente, então eu fico muito triste. Apenas não se sinta culpado pelo que aconteceu com a gente, todo aquele conflito e raiva. Eu não estou com raiva de você. É impossível para mim. Só sou muito fraca para estar longe de você. Tão longe, estou sempre longe de você, mesmo quando estava com você, e isso sempre me incomodou. Eu não consigo ser sua amiga. Porque eu te vejo como um homem, um homem lindo que eu quero beijar na boca. Não me peça para sermos amigos de novo. Continuo sentindo ciúmes de você. Ciúmes da minha imaginação. Eu continuo imaginando com quem você está exatamente agora. Robin? Saiako? Ilamity? Outra virgem do Carnaval? Percebe... todas essas garotas torturaram meu coração ridículo durante o tempo em que ficamos juntos. Você não é meu. Você não quer ser meu. Isso está claro. Então por que você continua mantendo contato comigo? Só para fazer sua presença ausente esmurrar os meus sonhos? É tão mais fácil te matar. Não é fácil de qualquer jeito. Quando eu vou parar de te amar? Eu estou fazendo da minha vida essa novela tragicômica porque eu gosto? Não. Todos os meus sentimentos são verdadeiros e eles me traíram. É isso. Você deve estar de saco cheio de toda essa baboseira latina. As coisas têm ido bem, apesar do meu coração partido. Parei de fumar. Não é bom. Custa dinheiro e minha saúde. Tenho adorado andar a pé. Percorro toda a Beira Mar, sem sentir o tempo transformar a cor do céu. Ontem eu caí na calçada, mas nada sério.

Gravei uma fita do disco do Faith No More, aquele que tem uma garça branca na capa, na casa de um amigo que sempre ganha CDS importados do pai. Minhas provas semestrais acabaram de começar, e eu até que estou preparada para o rojão. E eu sinto sua falta. Então, me conta como você melhorou tanto o português? Já que tu atingiu esse nível de excelência, eu tenho um poema de presente. "ANEDOTA DA BULGÁRIA/ Era uma vez um czar naturalista/ que caçava homens./ Quando lhe disseram que também se caçam borboletas e andorinhas,/ ele ficou muito espantado, e achou uma barbaridade." Drummond. Dicionário. "Era uma vez": Once upon a time (penso que essa você conhece); "Caçava": *Imperfect past of caçar, to hunt*; "Andorinhas": *That kind of bird that stands at electric lines, swallow*. "Espantado": *Frightened, amazed*. Barbaridade: *Barbarousness, absurdity* (essa é fácil!). Estou certa de que você vai responder minha carta insinuando de uma maneira muito sutil e adorável que tudo acabou entre nós. Pois é. Beijo no final. Abigail. Eu tão filiz que voce finalmente me escreveo. Thank you. Iso me faz senti melior, saber que voce nao me odeia. É muito bom para minha ego de saber que voce ainda me ama, but eu nao estou muita certo que voce realmenti sente iso, taovez, voce apenas pensa iso. Estou feliz de ouvi que voce senti meu falta, mas nao sinto feliz de ouvir que iso é doente pra voce. A razao que eu queiro mantendo contato com você é que eu penso é posivel eu ti ver de novo, porque eu me importa com você e eu gosta de saber o que está na sua cabessa, eu gosta de ler palavras legals de voce como hoji — você realmenti fez o meo dia — e tambem porque eu amaria ficar com voce por um tempo dinovo se voce querer. Mas voce tem qui entender que eu não pode ficar com voce para o sempre. Iso nao siguinifica qui eu nao ama voce ou nao importa você, porqe eu sim. Eu nao peguei nada garota desde que fui pro New Zealand, então voce pode nao ficar machucada com iso. Eu tenhio certeza qui voce teve mais açao do que eu nos ultimos meis. Eu está morando com Bertie, tentano nao fumar muito ou beber muito, mais ainda bebendo muita. Eustou tan felis que você para de fumar — iso é a coiza mais inteligent que voce vai fazer. Eu nao fuma maconha segunda-qinta mais, só seixta, sabada, domingo. Minha cerebo sente mais limpo. Então nao vou falar que nada acabou, nem mesmo indiretimente, aumenas que voce acha alguma injustia Abigail interpretaçaom de essa carta. Eu sinta saudades e quero que podia dar um beijo na su boca agora mesmo — e então ter voce apagado antes da gente briga. Eu quero podia ir para praia com voce e ter sexo e fumar e rir e nadar e então voltar para trabalho e estar com outros pessoas antes a gente se mata. Eu quero voce dizer coisas sexy no telefone e me manda beijos, mesmo que você esta com outras homens. Eu quera ser um xnamorado que voce inda gosta, não que voce ama. Eu quera ser alguien que pode faz voce filiz e quera que voce é esse pessoa para me tambem. Eu vou nunca esquece que eu maltratar voce, e voce eu, mas vai faze eu uma pessoa melior ainda ter uma relasssao, manter em contato, ser amigas de uma tipo special. Voce vai sempre ser uma pessoa muito special para me e eu vou sempre pensar muito sobre voce. E isso é porque eu quera ser "amigos". Então voce pensa que pode tentar essa? Fala para me — beijos, Sean. Você é estúpido ou o quê? Amiga especial? Você quer que eu seja a sua putinha à distância? Você é a pessoa mais brega que eu já conheci. Se você não acredita nos meus sentimentos é porque você é muito covarde para bancá-los. Tudo isso ficou ridículo. Não me escreva de volta. Case com a Robin. Eu odeio suas cartas. Abigail interpretassão. Eu deveria saber nao diz nada, nem até a verdadi. Eu amo voce, e sinta saudadades e gostaria ser uma fonte de positividadi na su vida. Qualque coisa que faz voce feliz. Disculpa eu disse alguma coisa sobre coversa quente no telfone. Disculpa eu tenta falar com voce. Disculpa eu sinta saudade. Disculpa eu quero ser amiga sua. Disculpa que vocé é special para me. Eu acha que a liçaom aqui é que quando alguém quer me odeio, apenas deixar eles. Eu não sinta bem agora. Vocé é uma razao da minha tristieza. E tem muitas outros. Primeiro, eu nao sou fumando ou bebendo alguma coisa para os ultimos poucos dias porque eu quera sentir melhor. Nao fonciona. Eu esta muito triste. Segundo, minha carta com voce deixou me sentindo horriveu. Voce foi cruel e eu fui sincerio no que diz. Eu sinto saudades grandement e pensa em voce todo o tempo. Agora eu sou o um dormindo muito mais e eu nao sabe porque quero chorar. Eu acha que voce me deu a su doença. Eu queria eu ter uma amigo para fala sobre isso, mas eu obviament nao possa confiar ninguém. Quem disse voce que eu pedi Robin para casar comigo? Que ridiculo. Isso muito legal que um dos meus meliores "amigos" decidio que minha palavras de alchohol e desesperação devia ser passada a voce. Eu tenha a certeza que iso fez voce sentir melior. Voce acha que me ama muito quando realmenti isso é um poblemra de immaturidadi. Voce é jovem e provalvemnti nunca amou ninguém mas Lucio e Berta, que voce sempre diz odeio. Ok, iso nao verdade. Talvez voce amou pesoas, talvez voce amou eu e talvez eu amou voce. Entao por que voce finji me odeio muito e me causar muita dor? Eu nunca quis para machuca voce, Abigail. Iso é verdade, se voce acredita isso ou nao. Sim, eu esta escrevendo iso entao eu sinta melior. E iso é continua verdade. Eu cuidou e ainda cuido para voce muito. Eu cuido para voce mais do que muito dos meus melior amigas. Eu só queria que voce é matura suficiente para expressar sus emociaos. Eu queria voce ter me disse que voce me ama quando a gente estava juntas. Talvez voce não diz. Nao quero duma responda. Nao quero nada mas de voce. Falei o que precisei. Espero que sua vida e cheio de amor e felizidade mesmo. Espero que seu proximo nomorado e melhor. Nao e possivel que ele fica pior. E agora voce tem o sabor das suas palavras. Agora voce vai ouvir as palavras que tu quera ouvir: falou Abigail.

PERFEITO COMO UM JOELHO ESFOLADO

O mar rugia enfurecido, ricocheteando no paredão de concreto roído de tanto conter a maré alta. Os que passavam caminhando na orla recebiam gotículas mornas nos braços e nas canelas, que depois faziam coçar; ali perto, uma galeria de drenagem desaguando esgoto. Ao longo de poucos dias, minha barriga havia endurecido como se uma capa de acrílico agora encobrisse as vísceras. Veias azuis raiavam nos peitos, os mamilos coçavam incontrolavelmente e um inexplicável gosto metálico persistia na boca. A essa altura, o Sean já tinha tocado a vida de solteiro dele e cessado o envio de cartas passivo-agressivas lá da Nova Zelândia. Foi quando decidi fazer o teste de farmácia. Fiz xixi em um copo de geleia retirado da pilha de louça suja. (Antes joguei uma água nele, preferindo não passar o pano de prato que hospedava colônias de fungos visíveis e exalava cheiro de unha.) Trancada no banheiro e sentindo na palma da mão a temperatura morna da minha urina despejada no copo úmido de geleia, soube que ia ser mãe.

Eu cobria os olhos com a ajuda de uma meia encardida. O sol estava impiedoso lá fora e, não satisfeito em crestar o betume do asfalto, resolveu invadir meu quarto, lamber as paredes com sua saliva morna, fritar minhas batatas indispostas e viradas para a janela. (Tinha empurrado com determinação o desconjuntado guarda-roupa que tapava a janela, o que me trouxe uma perspectiva da vista e iluminação inéditas; o móvel ficou ali, igualmente deslocado no canto da parede.) A meia tinha cheiro salgado e o tecido era áspero, mas cumpria satisfatoriamente a função de venda para os olhos. Eram quase dez da manhã e eu tinha perdido a aula. Lúcio, aos gritos, implorava para que a morte viesse buscá-lo, exasperado por eu estar faltando à aula mais uma vez. Minha cara enfiada no travesseiro, eu tentava a qualquer custo não perder o fio da meada, tentava bravamente não perder a indiferença do sono, não deixar escapar o entorpecimento reconfortante de não fazer parte de nada, de ficar quieta sem ter a obrigação de ver, ouvir ou falar. Caçava meu sono como se cavasse um buraco com as próprias mãos, a areia ferindo a polpa dos dedos, invadindo os cantos das unhas, sangrando a pele fina. Mas o sono já tinha desaparecido feito uma baratinha-d'água na praia após o recuo da onda. Mesmo assim, semialerta e sentindo um gosto metálico na boca, mantive a cara enfiada no travesseiro, e a meia avulsa, que antes vedava a luz do sol, agora absorvia minhas lágrimas. Na minha cabeça os gritos desafinados de Lúcio, não vá ao meu enterro!, davam lugar a uma ladainha fanha: *eu só queria ser um bebê, por isso engravidei, um bebê protegido e alimentado, eu só queria ser um bebê, por isso engravidei, na hora do sexo eu faço voz de bebê e depois sou rechaçada.*

ÍNGUAS INCHADAS

Estamos presos no último andar de um castelo gótico. O piso de tábua corrida geme à medida que caminhamos apavorados da janela para a porta do quarto, da porta do quarto à janela. Lúcio pede paciência, vamos escapar, não vamos morrer. Ele garante que há uma saída e me encara energicamente friccionando os dentes encavalados da mandíbula inferior contra a gengiva lisa e brilhante da parte superior — onde não havia sobrado um dente sequer. Filhas, escovem os dentes. Filhas, bebam água. Berta está encolhida numa cadeira, os olhos molhados de medo. Ouvimos um estrépito seco vindo do telhado em chamas, que ameaçava desabar a qualquer momento. Lúcio não pensa duas vezes e toma Berta em um braço e me lança sua mão enorme para que eu não a solte nunca mais. Como um herói sem capa ele nos encaminha escadaria abaixo enquanto línguas de fogo avançam pelo rodapé das paredes e mastigam os poucos móveis do palácio. Lúcio está nu. E nós estamos salvas. Acordei febril.

LINFA REQUENGUELA

Voltei a dormir. Deitada na beira da piscina, eu conheço essa borda, eu conheço essa pedra encardida, eu conheço de cor a ranhura dessa borda, a aspereza dessa borda, deitada de costas, a barriga apontada para o céu. É tão real, os sonhos não falam, os sonhos não ouvem, eu aliso a borda e ela está no meu sonho, idêntica. É a mesma borda. Logo ali, o galpão do motor, dos mortos, onde habitam baratas castanhas e ruidosas. Castanhas e ruidosas. Ensaio abrir a tampa do galpão, mas ela trava. Faço força comprimindo as batatas da perna. Quando escutei um estalo, acordei ensopada. Lúcio me ofereceu um copo d'água com a mão firme. O copo tinha cheiro de pano sujo. O pano sujo tinha cheiro de unha. Bebi toda a água em goles longos, devolvi o copo a Lúcio, agradeci com a voz rouca e voltei a dormir.

AFOGAMENTO EM 1983

Estamos passeando de mãos dadas e cheirando a lavanda infantil. As saias estufadas como as das princesas da Disney; os pezinhos calçados com sapatilhas reluzentes avançam sobre as pedras São Tomé. Estamos saltitando na beira da piscina, estamos saltitando com as pontas dos pés e cantarolando "Plunct Plact Zum" e não nos damos conta de que bem ali, debaixo do chão, nas trevas, existem vermes rechonchudos e buracos insondáveis. Não nos damos conta de que as baratas sob a tampa enferrujada do galpão conspiram contra nossa alegria e botam ovos de propósito em nossos copos de geleia — todas as noites, Lúcio enche-os de água, incansavelmente, para que as baratas não avancem, e depois larga na pia os copos de geleia ainda sujos, mas livre delas. Então o solado da sapatilha nova de Berta desliza no rejunte acentuado das pedras úmidas. Berta tropeça e em slow motion abre os braços com assombro, arreganha a boca em estupor, franze a testa com medo; adiante a piscina calma, funda e fria espera por sua presa. O sol está se pondo e empalidecendo o céu com tons de rosa. Não há um só adulto por perto e o cabelo liso de Berta está esticado para cima, como se ela fosse um desenho animado tomando um choque. Berta olha aflita para mim, não solta minha mão. Eu agarro a mão de Berta com força, com toda a força possível, sinto seus ossinhos estralarem. A saia estufada de Berta flutua no ar, revelando a calcinha bordada à mão e fazendo Berta parecer um projétil em queda livre, suspensa por um paraquedas de organdi. Berta está pesando muito e está tudo muito rápido, socorro, não há um só adulto aqui. Berta agora flutua quase roçando na água azul, lá no fundo as linhas trêmulas do azulejo desaparecem com o pôr do sol. (Socorro, não consigo gritar e minha irmã corre o perigo de desaparecer para sempre.) A minha voz escapole esganiçada para dentro. Mais uma vez tento e as sapatilhas novas de Berta já roçam na superfície inabalável da água. Desta vez um fio de voz aparece, agudo, aterrorizante. Garfo arranhando o fundo de uma velha panela de alumínio. Berta, Berta, Berta. Meu corpo inteiro grita. E a migalha de voz só aparece nos erres aspirados, na agonia dos erres aspirados, minha Bertinha, por favor, não vá.

VOCÊS PRECISAM SE UNIR

Acordei com vontade de botar os bofes pra fora. Estava mareando, e da minha janela nunca se via o mar. Tinha que adivinhá-lo por trás dos espigões. Senti que a febre havia arrefecido e que meu corpo latejava. Não sentia mais sono. O gosto ferroso me fez levantar e procurar água, da pia do banheiro mesmo. A língua empastelada grudava no céu da boca como se estivesse coberta por uma camada de cola escolar. O cheiro do cloro que se desprendia do jato d'água me dava arrepios, tentei vomitar ali mesmo na cuba pontilhada de ilhotas formadas por restos ressecados de pasta de dente. Não consegui. Enfiei o dedo na garganta e então um caldo quente com cheiro de remédio desceu cascateando goela abaixo. Do seu quarto, Lúcio já acompanhava meus movimentos pela casa, aguçava os ouvidos e interpretava todos os ruídos: aqui ela caminha tropegamente em direção ao banheiro, descalça, abre a torneira mais do que o necessário, "vai lavar o rosto, as mãos, os pés?", ele pensava, mas não; ela tossiu de maneira nervosa e pareceu querer vomitar, não pareceu, já está vomitando. Lúcio calçou as chinelas esbaforido, filha, filhinha, aos trancos atravessou o corredor em direção ao banheiro, opa, filhinha, deteve-se diante da porta entreaberta e então empurrou-a milimetricamente e teve o campo de visão necessário para que sua voz calma percorresse o banheiro úmido acariciando meu rosto. Você vomitou? Beba água, filhinha, beba. Senti as bochechas esquentarem. Encarei Lúcio com os olhos fundos e não disse nada, só o barulho da torneira ligada ecoava pelos azulejos encardidos do banheiro. Aproveitei o jato forte e fiz as mãos em concha, recolhi um pouco de água que também salpicava em meus braços. Bebi a água olhando firme para Lúcio. Suguei a água como se fosse um gato e Lúcio, quieto, procurou me decifrar (a porta entreaberta entre nós dois). Ele ainda não entendia o que se passava comigo. Eu também não entendia o que se passava comigo, com ele, com Berta.

ILHAS DE FLOCOS DE NESCAU

As fisgadas voltaram mais fortes, e com elas um muco pastoso molhando a calcinha no fim do dia. Depois de uma sequência interminável de horas hibernando e faltando à aula — para o desgosto exasperado de Lúcio —, eu me via estranhamente disposta, cantarolando debaixo do chuveiro, sentindo uma vibração interior ao acordar, percebendo meu rosto brilhando, viçoso como pele de bebê. Era como se, a partir de então, eu não me chamasse mais Abigail, mas Paula, Lívia, Carol. Aqueles peitos empedrados, sensíveis ao mínimo roçar da toalha, definitivamente não eram meus. Enquanto eu apalpava os seios aumentados, pesados como cocos, Lúcio jogava paciência. Os gestos lentos, o cabelo esgrouvinhado, as lentes dos óculos sujas de gordura, o joelho direito apoiado no assento de uma cadeira, a perna esquerda esticada, o pé firme no chão. O torso comprido e reto disposto em diagonal em relação ao quadril compacto. O braço direito, não tão distendido, quase curvado, a mão geométrica pousada na borda da mesa. O cotovelo esquerdo escorado no tampo da mesa, disposto a calculados centímetros do jogo de cartas. Uma sequência de quatro fileiras: paus, ouros, copas, espadas. O rosto de Lúcio exprimia concentração no jogo; mas o olhar enviesado dizia outra coisa. Como um camaleão gelado, ele observava não só a próxima carta aberta do bolo, mas os barulhos da rua, os barulhos da casa e os barulhos membranosos no interior da minha barriga.

URSO-POLAR ENLOUQUECENDO NA ILHA

Pai, eu tô com fome. Paizinho, me dá comida. Papaizinho, vá até o supermercado e escolha delicadamente as frutas e verduras (atenção às manchas escuras nas maçãs, porque elas são sensíveis; atenção aos pequenos furos nas berinjelas, já que eles indicam invasão por minhocas minúsculas). Papaizinho, vá até o açougue e peça para embrulhar o pedaço de chã mais suculento da vitrine; depois, siga em direção à seção de frios desse iluminado e refrigerado supermercado e escolha as bandejas de iogurte mais vistosas para suas queridas filhas (Berta é gamada num Danette branco, sabia?). Paizinho, quero um misto-quente feito por suas mãos elegantes, ali, no fogão que você nunca acendeu. Papai, deixa eu te explicar, é assim: precisamos tomar café da manhã, almoçar e jantar todos os dias. To-dos-os-di-as. No meio das refeições, as pessoas costumam fazer lanches frugais, tais como: uma maçã picotada e geladinha. Dia após dia as pessoas fazem isso. Adolescentes, crianças, velhos e adultos. Depois de cada refeição, pilhas de louça e panelas engorduradas são lavadas. Normalmente as pessoas que se dispõem a lavar a louça deixam a torneira aberta e o jato forte respinga em tudo, molhando a pia, a parede próxima e uma janela diante dela (se ela existir). Se, suponhamos, o sol estiver inclinado, projetando um raio concentrado no jato d'água, é muito provável que dali brote um arco-íris. Pai, aquele meu amigo tantã, que resolveu se alimentar de luz para o resto da vida, quase morreu depois de algumas semanas definhando, e foi internado às pressas com um quadro grave de hipoglicemia. Pai, palavras bonitas e ditas de maneira organizada, comunicando um pensamento coeso e brilhante, não alimentam ninguém. Eu quero um pacote de biscoito de chocolate. Agora. Pai. Agora. Traz pra mim.

ISSO NÃO É LIXO

"O Pamonha foi um grande amigo, um irmão que nunca tive, e nossa amarga solidão criou essa pantera." "Gosto do teu pé enroscado no meu e tenho medo de que teus olhos observadores enxerguem algum defeito fatal. É esse medo que me faz negar um beijo: mesmo espontâneo, não é verdadeiro, é desesperado." "(O Alabama não é tão longe daqui.) Dileta Neca, a prova de física ontem foi barra-pesadíssima, porque, cara, eu não tenho o menor interesse em medir o ângulo de refração da luz que bate numa maçã diante do espelho. Eu sei, é interessante, mas eu não estou nem aí em fazer esse cálculo, caralho. Carambola é uma fruta bem gostosa: cara, as frutas são belas! Deixa pra lá. A Isobel perguntou hoje se eu conhecia Beastie Boys. Estou deprimida. Muito grata, Abigail." "Não aguento mais ficar sozinha na vida. Eu preciso de um homem grande que me proteja; que me abrace à noite, que tenha os braços magros. Eu preciso de uma voz forte e calma no telefone, sempre disponível para quando eu precisar. Eu preciso de um homem maduro e sensível e que não seja completamente apaixonado por mim; que eu sinta certa insegurança nessa relação, mas que ele não me deixe nunca. Eu quero que ele seja generoso, inteligente e acima de tudo engraçado. Eu quero um homem que me faça um e vários filhos. Eu quero me casar e construir uma família estável. Vou deixar aqui uma lacuna para preencher teu nome quando eu te encontrar ____________. (Hoje é dia 18.11.95 e eu ainda sinto falta desse homem)." "Eu odeio o Ivan Lins, eu me odeio e me amo e não me suporto. Não sei qual fundamento me fez vir ao mundo, já que não contribuo para nada, nem para o meu próprio benefício. Sou imatura e tenho um coração de tupperware malcheiroso e vazio. Não sei de quem eu realmente gosto, não tenho a menor ideia do que sinto pelos outros — às vezes eu sei tudo, mas esse tudo não é nada porque se contradiz toda hora. Porque se eu morresse agora não ia fazer falta a ninguém, exceto para o meu pai, que é meu pai. O meu coração tá tão sujo. Me sinto rejeitada, só. Ando num desespero silencioso. Sou muito nova ainda. E já acho que não vou ter forças para viver. Eu me amarro às pessoas porque sou carente de afeto de todos os lados. E a tudo culpo a personalidade do meu pai." "Coracy, uma lâmina me cortou em um milímetro, e essa fatia bege é você. Aquele poema do

Drummond é a minha cara, e você descobriu." "RODRIGO, VEM PRO MEU LADO FOREVER!" "O meu amor pelo Gouveia me surpreendeu, eu andava muito carente de amor, e ainda estou. Vai ser uma batalha."

AREIA NOS OLHOS

A boa disposição foi uma miragem que durou poucos dias. Ainda me sentia gripada. Voltei a ficar horas na cama deitada em posição fetal, ralando o cascão do pé na parede, imprimindo *esses* cinza. Não dá para dizer o que é mais encardido, a parede ou meus pés; eu chutaria a parede. (Chuto a parede, Berta ralha do seu quarto.) Às vezes troco de cabeceira (norte/sul) e sinto o cheiro salgado dos meus pés encruados na velha tinta de cal. Ambos os setores da parede (norte/sul) estão sujos. Não ligo. As minhas juntas estalam muito. Quadril, dedão do pé, pulso. Nada parecido com as juntas da Clau, que se contorce pavorosamente, moldável como uma roldana de correntes dentadas, parecendo uma víbora. Clau se estrala toda e sorri aliviada. Sofro de cãibras. Sofro de ódio do Aramis. Sofro de saudades do Sean. Sofro por estar sofrendo de saudades do Sean. Um ignorante primeiro-mundista. Um aproveitador de latino-americanas. Um gringo desprezível cujos olhos de lobo rastreiam as presas no estrangeiro pobre. Nos olhos azul-alienígena não se veem curiosidade, paixão, reverência. Só fome. Depois de satisfeito, cospe os ossinhos, a espinha dorsal de sardinha, o pequeno crânio vazio e vulnerável de sua vítima no chão. Fungo e não admito que estou chorando. Seco na fronha o líquido viscoso que corre dos meus olhos e nariz. Sinto umas fisgadas no pé da barriga, na virilha. Sinto minha cabeça, meu corpo e o teto do meu quarto mudarem de lugar. Fim. Tudo escuro. Fumaça de gelo-seco. Quando me recompus, Lúcio estava postado diante de mim, estendendo um copo de geleia. Tome, filha. Vamos, beba água.

FUNIL ARREGAÇADO

Berta andava cada vez mais bronzeada e distante. Quando aparecia em casa esquecia de dizer oi. O mar, o sol e as mães das amigas de Berta estavam cuidando bem dela, dava para ver pelo seu aspecto saudável. Quase. O que não abandonava aquele rosto harmônico de índia era uma ruga delicada, que se revelava discretamente no canto da boca com formato de coração. Era mais que uma ruga, era um ricto permanente. Estava ali desde sempre, marcando um abismo na própria história, uma dor intensa que não ousava dizer seu nome nunca. Escutei um choro de bebê ao longe. Escutei a porta bater e Berta deixar mais uma vez nosso apartamento, nosso bananal. A poucos quilômetros dali, sob uma luz fria, Lúcio observava as caspas grandes que escapavam de seu cocuruto inflamado. Ele coçava o couro cabeludo com precisão e então arrancava, com ajuda da unha crescida do indicador, um naco transparente de secreção, pele e sebo. Distanciava dos olhos e observava o molde dos diminutos poros dilatados, um deles até carregando um longo fio de cabelo preto. O garçom interrompeu o transe. O senhor vai querer mais um chope? Lúcio fez que sim com a cabeça. Quando a tulipa pousou na toalha de sarja branca sobre a mesa, a bolacha úmida, Lúcio agradeceu ao garçom.

O mar borbulha indiferente. É madrugada alta e ninguém vê as espumas cor de chocolate. Ninguém vê que o mar parece ensebado. Como se alguém tivesse derramado litros e litros de lustra-móveis ali na arrebentação. As ondas avançam pouco, logo recuam com violência. A maré está enchendo, e o mar parece inflar as bochechas, preparando-se para cuspir na areia furada. O vento morno encrespa os bicos das ondas escuras. Algas gelatinosas e cinza são arremessadas com violência de lá para cá. Não há um só peixe e as baratinhas-aquáticas estão enterradas no fundo dos bolsões de areia. O ar pesado e revolto está impregnado com um cheiro forte de colorífico, e o barulho das chicotadas da água sobre a terra acalma uma cidade inteira. Com a ajuda das muitas unidades de chope, Lúcio dormia espremido entre a beira da cama e a fila desordenada de objetos (livros, caixas de papelão, convites para eventos oficiais, fios desencapados, a cabeça de um coelho de plástico, cartões de apresentação, uma pequena hélice encardida, um estilingue sem elástico, um pedaço de xilofone, um desentupidor, um diapasão enferrujado, uma longa tira de borracha azul, uma forminha para areia com formato de elefante, anotações em guardanapo, livros novos e jamais manuseados, hastes desencontradas, notas fiscais, um espelho de luz, envelopes pardos, uma peça do motor do mixer e outros tantos objetos cujas formas já haviam se perdido, derretidas pelo tempo). Quando fui de mansinho averiguar a respiração de Lúcio e pude assegurar a respiração vigorosa de Lúcio, a ponta do umbigo sobressalente na camisa subindo e descendo, subindo e descendo, imaginei um imenso guarda-chuva flutuando sobre sua cabeça, aberto, protegendo-o das tempestades marítimas. Senti um enjoo pungente, procurei me escorar no batente da porta do quarto de Lúcio. Por instinto, segurei a base da minha barriga e senti ela mexer.

SAIU E NÃO DEU BOLAS PRA NINGUÉM

Havia goteiras, e bolhas de tinta acrílica brotavam do teto. Nódoas castanhas formavam-se no centro das bolhas acrílicas. As nódoas e as bolhas lembravam flores de jasmim-manga. Voltei para o meu quarto desviando das gotas que caíam das estalactites florais. Caminhei com cautela, a mão pousada na barriga. Estava escuro e a luz do corredor havia queimado fazia uns meses, devido à infiltração. Avancei com a ajuda das luzes dos faróis que eventualmente cruzavam a janela do quarto de Lúcio, depois a janela do quarto de Berta (sempre fechado, e por isso não via os fachos dourados de luz), e então do meu quarto. Não tinha cortinas, antes era o meu guarda-roupa que tapava a vista. Naquele dia o ar estava surpreendentemente fresco, depois de uma chuva que começou no mar. Foi exagero, mas tirei meu edredom do armário. O edredom que, havia poucos meses, no meio de uma loja de departamento, tinha implorado para que Lúcio comprasse pra mim. (Uma das poucas incursões domésticas que executamos juntos, exceto os almoços mudos e as idas esparsas ao supermercado, quando alguma contrariedade irrelevante tomava dimensões catastróficas, um iogurte com a tampa furada, por exemplo, e eu já podia antever Lúcio tremendo os lábios com fúria diante de uma operadora de caixa constrangida. A morte. A morte. Por que ela não me vem?) Nesta incursão específica, estávamos na loja de departamento para comprar uma mesa de corte para Lúcio, que planejava construir uma caixa de luz. (Nunca construiu, e a mesa permaneceu até o fim dos tempos dentro da caixa, ocupando espaço em nossa cozinha já atulhada, o sol esquadrinhado batendo no fim da tarde, as imagens coloridas da embalagem esmaecendo, o diligente papai norte-americano vestindo uns óculos de proteção e perdendo o viço até desaparecer de vez.) Já estávamos a caminho do caixa e eu achei que era meu direito pedir roupas de cama novas, já que eu e Berta só tínhamos dois jogos, se é que podemos chamar assim os farrapos ensebados com que nos cobríamos à noite. Escolhi um jogo neutro de algodão para mim e outro para Berta. O meu cinza e o dela branco com detalhes de listras bege. Não satisfeita exigi o edredom que pendia estufado dentro de uma sacola plástica, na última gôndola. Lúcio acatou sem ao menos bufar. E isso fez minha alegria nos dias seguintes. Às vezes esquecia que o edredom estava lá. Quando lembrava, corria para o alto do guarda-roupa e, nas pontas dos pés, abria delicadamente o zíper da sacola e alisava o tecido macio, 100% algodão. Quando me animava mais, descia a sacola estufada até minha cama e aspirava o cheiro do edredom que me remetia a alegria, casa limpa e carinho. Fiz questão de dormir enrolada nele, como se estivesse encapsulada num casulo de algodão, forte o suficiente para me proteger do impacto de mais um chute.

GRITAR COLEÇÃO PERDIDA DO JÚLIO VERNE

Pai, preciso te falar. Diga. Pai, eu não estou bem. O que houve. Pai, nos últimos meses ando me sentindo estranha. Eu também. Pai. Sim. Acho que estou doente. De quê. Não sei. Como podemos descobrir. Não sei. Filhinha, colabore. Pai, é o seguinte... Estou esperando, Abigail. Não sei como começar. Comece.

Acho que não estou mais só. Você nunca foi só. Eu sei, pai, no sentido literal, quero dizer. Não entendi, me diga pelo amor de Deus o que você quer me dizer. Tá, eu vou dizer, mas não tenho certeza. Apenas diga, filhinha. Eu estou grávida. Você está ou acha que está. Eu acho. Então vamos descobrir.

MONTADA NO CAVALO DE FERRO

Estou apeada no cavalo, a mão direita levantada, brandindo uma faca. Berta me olha lá de baixo, minúscula, os olhinhos acuados. Este cavalo está louco, Berta. O bicho perdeu o controle. Ele relincha e levanta as patas dianteiras, ameaçador. Berta, fica quietinha aí no teu canto. Eu tô mandando. Olha essa faca, ela pode cortar tua garganta, posso estraçalhar com tua vida se eu quiser. No retrovisor do carro estou abrindo a boca, pronunciando as sílabas sem emitir um som. Pausadamente. Como um ventríloquo. A ponta da língua tocando a superfície dos dentes: VO-U-TE-MA-TAR. Isso, Berta. Você entendeu o recado. Vou te matar. Enxuga essa lágrima falsa. Desfaz essa cara de pura. Não caio no teu draminha barato. Empurro com energia sobre-humana seu tronco sobre o meu, os músculos soltos, confiantes, todo o seu peso nas palmas das minhas mãos. As palmas das minhas mãos ostentam força, destreza, agonia. Sai daqui, Berta. E, por favor, não vá embora nunca.

DORMIR NO CHÃO NOS DIAS MAIS QUENTES

Filha, chame a Berta, vamos comemorar mais tarde. Mas, pai, não sei onde a Berta está, acho que ela dormiu na casa da

Mariana, e estou com sono, não quero ir para a aula. Filha, filhinha. Não faça isso comigo, saia do chão. Tá muito calor, pai. Você já está atrasada. Vamos, se esforce um pouco. Tá, me dá cinco minutos. Não esqueça de chamar a Berta. Vou ver se esbarro com ela no recreio. Também não concordo. Com o quê, filha? Não tem motivo para comemoração. Que bobagem, filhinha. Não diga isso. Mas é o que sinto, pai. Outras pessoas sentem diferente de você. Eu, por exemplo. A Berta também vai ficar feliz. Vamos, você já está atrasada, já perdeu a primeira aula. Me ajuda a levantar, pai? Estou me sentindo fraca. Um banho bom resolve. Segure aqui, força, isso. (A mão de mármore branco estendida em minha direção, todos os músculos bem definidos, as falanges retangulares, as unhas opacas, o pulso elegantemente sulcado por um cinzel divino, a pele limpa e morna, tão firme.) Pai. Diga, filha. Tem uma barata no teu ombro.

QUEBROU NÃO TEM MAIS JEITO

Era alta madrugada e o que Sean estava fazendo na porta do 402? Depositando um peixe comprido e cinza na soleira suja. Com a anuência de um porteiro sonolento, Sean subiu de elevador os quatro andares, segurando uma cavala na mão. Preferiu voltar-se para o espelho e então admirar rapidamente sua compleição caucasiana, os trapézios inchados, que iam dar em cotovelos harmônicos, depois de uma sequência de gomos revestidos de pele brilhante. Braços de um campeão. Entre eles, um peixe viscoso, cheirando forte, um dos olhos voltado para o espelho, a íris morta e pegajosa. O elevador chacoalhou ao chegar no quarto andar. Sean, determinado, empurrou a porta do elevador com as costas, que mal cabiam numa regata de algodão. Ensaiou um sorriso. A luz automática do hall acendeu num clique fortuito. Sean mirou os números que pendiam indiferentes acima do batente da porta: 4, 0 e 2. Era ali. O neozelandês inspirou como um iogue, inflando o diafragma, guardando nos pulmões o cheiro do peixe, do mar, das vísceras do peixe que começavam a se desintegrar com o calor, e então expirou um longo jato de ar. Ajoelhou-se como se estivesse executando um ritual secreto e depositou solenemente a cavala morta na porta da minha casa — que também era a casa de Berta e a casa de Lúcio.

RASGANDO OS PAPÉIS COM EXCELÊNCIA

No recreio, procurei Berta pelo pátio. Eu tinha vinte minutos para encontrá-la, fingir que não estava com saudades, dar a entender com frases secas e olhar altivo que eu não queria saber o que ela andava fazendo nas últimas semanas em que não aparecia em casa. Eu tinha vinte minutos para me meter no meio da roda de amigos superficiais dela, sustentar uma expressão facial presunçosa, não cumprimentar seus colegas que a essa altura emudeciam de constrangimento com a minha presença desagradável, eu tinha vinte minutos para passar o recado de Lúcio: Berta, meu pai quer sair hoje à noite para comemorar com a gente. Comemorar o quê? Não sei. Pergunte a ele. Mas eu tenho a festa de aniversário da prima da Mariana. Problema seu e da Mariana e da prima da Mariana. Berta baixou a cabeça, sem graça. Mesmo protegida pelos amigos, Berta sentiu-se surpreendentemente desarmada pela minha agressividade e audácia. Virei as costas e pude ver a própria Mariana cobrir a boca, espantada, como se estivesse vendo uma cena de filme de terror.

O eco do banheiro encorpava o discurso de Lúcio. Mesmo com a ducha ligada, era possível ouvir a voz grave que escapava pelo vão da porta. Lucio ensaiava suas falas que repetidamente pediam amizade, união e cooperação. Ao fim de cada bloco de discurso, mesmo que uma furiosa Berta tivesse cuspido na minha cara depois de eu ter usado as últimas gotas do seu perfume francês (doação comprazida da mãe da Mariana), Lúcio encravava a sequência, *cooperem, filhinhas. Se unam. Sejam amigas. Amizade é bom.* Ele também implorava as três palavras (Amizade, União e Cooperação) aos garçons indolentes, aos motoristas de táxi infratores, às empregadas domésticas alheias às regras da casa, aos porteiros esquecidos, aos amigos cruéis à sua maneira disfarçada e, claro, às filhas. Para se comunicar, Lúcio prezava pelo pensamento organizado, por frases enxutas e discursos claros e absolutos como o interior de uma geladeira vazia. E nisso se esforçava dia após dia, burilando as palavras, os verbos, escolhendo-as pacientemente, tomando-as pelas mãos e avaliando sua casca, sua maturação e seu interior. Quando a sonata verbal era interrompida (por incompreensão, nervosismo e honesto desinteresse de seus interlocutores), Lúcio tomava outra via, próxima do descontrole, da cólera e da loucura. Uma vez, depois de discutirmos sobre algum aspecto lunático das regras da casa — depois de contra-argumentar e insistir que o melhor lugar para posicionar o guarda-roupa era diante da janela, por exemplo —, Lúcio já havia respirado fundo por três vezes e tomado uma pausa buscando uma calma inventada, quando rangeu os dentes e me chamou de cabra.

Subo no bidê sem uso para ver como estou. O vestido vermelho ficou mais curto, no limite do vulgar. Rio por dentro ao imaginar que pareço a Mônica, da Turma da Mônica, grávida. O cabeção, a altura do vestido, o sorriso infantil. O travesseiro (enfiado por debaixo do vestido, segurado pelo sutiã e pelo cós da calcinha) é meu filho. Estou grávida de nove meses e posso parir a qualquer momento. Preciso andar com as pernas semiabertas porque meu quadril alargou e meu corpo se inclina para a frente. A mão direita na lombar ajuda a suster o peso do meu filho, todo formado em meu útero supervascularizado, meu filho dotado de todos os dedos das mãos e dos pés, em vias de nascer. Aliso o topo disforme da barriga e a ponta do travesseiro me trai, revelando um defeito no ventre dilatado. Ajeito a peça encardida, deixando-a mais redonda, ocultando mais uma vez as pontas sob o cós da calcinha e o elástico do sutiã, e fico satisfeita com o resultado. De lado, sorrio para o espelho, a mão esquerda pousada na minha enorme barriga. Desço do bidê cuidadosamente e sigo em direção à cozinha. Não há ninguém em casa, Lúcio está em algum restaurante caro, fingindo dormir diante de uma conversa enfadonha, e Berta, sei lá onde Berta está. Abro a porta que dá para o hall, entro no elevador de costas para o espelho e, orgulhosa da minha barriga, aperto a letra P. Surjo no térreo do prédio, sob o olhar assombrado do proprietário do dachshund idoso, que neste momento volta da farmácia carregando uma sacola apinhada de antiácidos. Cumprimento o agora pasmo morador do 102 e caminho cheia de pompa em direção ao portão de entrada, ignorando o apelo do porteiro abelhudo, Abigail, Abigail, tu vai sair assim, descalça e com essa coisa pendurada na barriga?

Neca e Clau telefonaram, me chamando para o show de uns metaleiros mais velhos, amigos do Aramis, e depois haveria uma festa secreta no topo do prédio do Marlos. Recusei o convite ostensivamente, não queria ver Aramis nem pintado de ouro, embora o visse todos os dias pelos cantos do pátio do colégio, aos beijos com uma menina, a cada semana uma diferente. Meu coração engelhava e eu impedia que a dor corresse pelo meu corpo, empregando na expressão a brutalidade silenciosa de um soldado inglês. Ademais, eu tinha o jantar de "comemoração" com Lúcio e Berta, evento imperdível, sobretudo para as grávidas que passaram o dia sem comer. A minha gravidez era uma certeza de Lúcio, eu constatava meu estado ao perceber nos olhos escuros de Lúcio um brilho distinto, um sorriso guardado nas rugas que os circundam, uma espécie de sol inédito que antecipava cada frase sua direcionada a mim. Filha, podemos ir? E lá estava eu, com um vestido amarrotado, o cabelo um tanto ensebado, de pé diante do elevador ao lado de um Lúcio limpo, calado e alegre. Berta nos encontraria no restaurante, após uma carona compassiva da mãe da Mariana que, ao lado da filha, seguiria rumo à festa da sobrinha. Entramos no táxi e tomamos uma avenida movimentada, que ia desembocar na esquina do restaurante, não muito longe dali. Permanecemos em silêncio no táxi, Lúcio no banco da frente e eu colada na janela do banco de trás, observando a cidade anoitecida que nos viu nascer (eu, Lúcio e Berta) e acumular objetos, frases, dores, amores e amigos e que no prazo máximo de uns cem anos nos cuspiria (eu, Lúcio e Berta) para todo o sempre dali. O motorista interrompeu o taxímetro mecânico, anunciando o valor, são três e vinte, senhor. Lúcio brincou, vixe, parece horas!, enquanto mexia criteriosamente nos bolsos, até encontrar um bolo de notas lisas, sacar uma cédula e depois oferecer ao homem uma nota de dez, insistindo que ficasse com o troco. Lúcio estava radiante e eu não entendia muito bem o porquê, mas me comprazia. Enquanto eu descia do carro, Lúcio me alertava, vigilante, cuidado, filha. E eu comecei a achar aquele excesso de atenção um tanto confortante e ridículo. Berta ainda não havia chegado, e a temperatura do restaurante tinha uns dez graus a menos do que lá fora. O garçom de sempre nos recebeu, empertigado, embora um tanto íntimo; o sorriso honesto estampado na cara sugerindo inúmeras situações já vividas, gorjetas generosas e piadas tolas trocadas com um flácido Lúcio, quando ao fim da noite o estafe do restaurante limpava a cozinha, fechava o caixa, recolhia as toalhas de sarja branca e subia as cadeiras. Depois de uma troca de olhares honesta, o garçom confirmou perguntando, na mesa de sempre, seu Lúcio? Sim, amigo, na mesa de sempre, se possível. E ali, naquele restaurante gélido, recendendo a molho de tomate e sabão em pó, meu pai caminhava com a naturalidade de quem sai do quarto em direção à cozinha — hoje, em especial, à sala de jantar, com direito à melhor louça da casa, taças de cristal e guardanapos bordados no mais nobre linho. Lúcio levantou o queixo, apontando para a sua mesa cativa, cuidando para que eu me sentasse primeiro. O garçom, que nos guiou até lá, antecipou-se puxando a cadeira cordialmente. Agradeci com um sorriso frouxo e sentei. Lúcio dispensou a deferência do garçom, que prontamente se retirou em busca do cardápio, e então sentou-se, expirando um longo jato de ar e alisando com as mãos enormes os vincos ainda aparentes da toalha branca. Olhou em minha direção com os olhos agudos que só costumavam despontar em ocasiões específicas. Pisquei confiante e tranquilamente, da maneira cúmplice com que os gatos dedicam as piscadelas a seus donos. A Berta tá demorando, pai. Tô verde de fome. É? Vou pedir o couvert, filha. Quando eu já avançava faminta em direção às lustrosas azeitonas, Berta surgiu no nosso campo de visão. Estava excessivamente bronzeada e de mau humor. Seu cabelo também estava diferente, bem mais curto, joãozinho. Oi, pai. Oi. (Berta evitava pronunciar meu nome quando eu estava presente e, mesmo na minha ausência, optava por referir-se a mim como "minha irmã".) Já eu gostava de dizer seu nome, Berta, Berta e Berta. Cortou o cabelo, filha? Cortei, a mãe da Mariana levou a gente no salão mais cedo. Ficou bonito, apareceu mais o seu rosto. A mãe da Mariana é mui-to-le-gal. Lúcio disse com uma modulação pastosa na voz que imitava alguém sob efeito de maconha. Senti (e Berta também, suponho) uma disfarçada ironia nesta declaração, mas Lúcio estava tão contente que era difícil confirmar o palpite.

OBSERVAÇÕES DE PAI PARA FILHA

Abigail, eu confio em você. E admiro muito seu modo de pensar e se expressar. Eu também tenho os mesmos sentimentos em relação ao colégio, professores e colegas seus, orientadores etc. Os motivos são diversos e eu os admiro muito pela diversidade que me apresentam. A semelhança repetitiva é monótona. Aproveite a diversidade. É admirável. Mas faça como achar melhor. Vá pelo seu coração e não deixe de consultar a cabeça. Um beijo do Lúcio que lhe ama também.

Pedimos o camarão gratinado no abacaxi e o Osvaldo Aranha de sempre, uma jarra de água de coco, e Lúcio animou-se com a ideia de um chope com colarinho. Inovou ao incluir na ordem de pedidos uma entrada de tiras de filé acebolado. O garçom voltou equilibrando numa bandeja o chope e a jarra de água de coco suados e encontrou em torno da mesa redonda nossa diminuta família calada, eu acompanhando as tramas da toalha de sarja branca com a unha do indicador, de cabeça baixa, Berta distraída deixando-se perder na vistosa iluminação do restaurante, os olhos caramelo sempre úmidos, como se tivesse chorado ou estivesse em vias de chorar, o maxilar semi-inclinado para cima. Lúcio na costumeira posição em que se voltava para dentro de si, emulando o próprio banheiro, as sílabas ricocheteando nos azulejos, onde ensaiava suas frases, suas pausas, seus discursos longos e pausados. Ali, dentro de sua cabeça robusta, Lúcio refazia o passado, o presente e o futuro. Fechava os olhos, valendo-se de uma concentração extraordinária a tal ponto que eu podia ver, sob sobrancelhas astutas, as pálpebras frouxas de Lúcio tremelicarem. Fiquei absorta por essa visão por um tempo indeterminado. O velho silêncio que tanto nos unia, confirmando nossa proximidade, nossa vida cúmplice, mesmo que na maior parte do tempo nos comportássemos como frios inimigos debaixo de um teto recoberto de bolor. Lúcio abriu os olhos, deu um longo gole no chope, a espuma branca mesclando-se com o bigode e a barba, os esparsos pelos brancos ganhando volume, avançando ao redor de seu rosto acidentado e solene, e então começou a nos estudar, num gesto expresso e convicto. Esquadrinhada pelo olhar agudo de Lúcio, eu me sentia protegida e estranhamente orgulhosa de mim, a língua lambendo a cria, a cria emitindo um guincho de regozijo, alongando o corpo para melhor receber o carinho. Ainda não havíamos dito uma palavra relacionada ao motivo que nos levara até ali, até que Lúcio murmurou. Berta. Filha. Berta arregalou os olhos molhados, dois caramelos úmidos de saliva, cuspidos ainda intactos no pires. Ela previa que dali, da boca do seu pai, sairia uma frase crucial. Quando Lúcio tomava para si aquele tom excessivamente comedido, éramos imediatamente imantadas para o centro do seu torvelinho, o mundo inteiro abrindo-se num buraco escuro. No sopé do turbilhão, cavávamos qualquer microexpressão em seu rosto, ouvíamos alertas cada sílaba dos lábios finos do nosso pai. Foram poucas as vezes em que ele havia recorrido a esse tom. Na última ocasião, quando voltamos de carona do colégio e nos deparamos com o nosso apartamento em suspenso, Lúcio sentado numa cadeira de plástico da cozinha, as pernas semiabertas, as mãos imensas coladas uma na outra sobre os lábios comprimidos, parecendo rezar. Mas ele não rezava, seu corpo estava inteiro colado na terra, as pernas firmes, os músculos tesos. Com a cabeça rija, o crânio fervilhando imóvel, Lúcio repassava as cenas da discussão que antecedera aquela manhã, recapitulava os últimos dez anos vividos ao lado de Zoma, toda a trajetória do casamento, com precisão e acuidade, dia após dia, as cenas, as palavras, os gestos, os cenários, os sorrisos, uma sequência incessante deles, os melhores sorrisos de Zoma, ao seu lado, na beira da cama, no banco do carona, diante do espelho do elevador, no restaurante, no bar, na fila da farmácia, dez anos, e os pequenos dentes brilhando debaixo das gengivas escuras. Depois, as discussões intermináveis, os silêncios cortantes, as frases de efeito ditas aos berros e com a intenção de ferir, o cheiro de saliva no ar viciado do quarto, um calor sem esperança, a morte como chantagem, como punhal e como única saída honesta, eu quero a morte, por que a morte não me vem?, Lúcio separava uma palma da mão da outra e pousava as mãos em suas bochechas flácidas: Zoma havia partido, levando consigo Huga e Ariel. Ele não precisou dizer mas disse, como que depositando o esquife na tumba, filhas, Zoma partiu e levou com ela suas irmãs, Huga e Ariel. Ouvimos solenemente a declaração de Lúcio, nosso pai, que, ali, diante dos nossos olhos angustiados, estava mais para pedra, mármore bruto, incrustado no pico de uma montanha escarpada, na parede do abismo. Agora, um tempo depois, a solenidade era a mesma, exceto pelas cores. Ali, no restaurante refrigerado, Berta não previa abismos, mas alegria. Um brilho inédito saltava do meio dos olhos de Lúcio. Berta espremeu, diz logo, pai. Ele inspirou, olhou para mim, buscando meus olhos como se cavasse um buraco na terra, e disse, os bolsões de gordura sob os papos de pele, o rosto vincado ganhando viço, perdendo as cavidades profundas, sua irmã está grávida. Berta retesou o pescoço, surpresa. Abriu um sorriso elétrico sem conseguir mais fechá-lo; seus olhos pequenos e úmidos, no entanto, traíam a expressão. Franziu a pequena testa, confusa, dirigindo o olhar para um ponto em comum entre mim e Lúcio e, com uma voz rouca, disparando perguntas angustiadas, mas quem é o pai? Onde o bebê vai dormir? É menino ou menina? Você vai parar de estudar? Você vai ser avô? Vai vazar leite do seu peito? Vão cortar a sua barriga?

AS VEZES EM QUE LÚCIO EXISTIU ENQUANTO EU DORMIA

Não era a primeira vez que Berta me acordava daquele jeito. Eu dormindo profundamente e aos poucos sendo arrancada do meu abismo por um barulho viscoso, no qual eu identificava o céu da boca da minha irmã forrado de miolo de pão. As ligas da saliva de Berta, que mastigava mecanicamente um pedaço de pão seco, largada na parede oposta a da minha cama, as pernas abertas, os pés enormes e entregues no chão de taco, as ligas estalando no céu da boca, digerindo o miolo massudo do pão, os olhos aquosos e castanho-avermelhados, como cascas de baratas, me observando dormir. Desde que soubera que ia ganhar um sobrinho ou uma sobrinha em alguns meses, Berta deixara de frequentar a casa da Mariana, ou ao menos não passava mais dias consecutivos, às vezes semanas, sob os domínios da família da Mariana, a mãe da Mariana batendo com parcimônia na porta do quarto da Mariana e depois a cabeça da mãe da Mariana despontando entre a fresta da porta, perguntando se estava tudo bem, se estavam com fome, se o ar-condicionado não estava muito frio. Berta agora me fazia perguntas que eu não sabia responder e me olhava de um jeito novo. Na verdade, ela dizia, você está diferente, Abigail, não sei explicar, acho que sua postura mudou, as suas costas estão mais eretas, você está mais alta, é isso. Eu respondia que só estava grávida, que a única diferença era essa, que minha barriga ainda não tinha crescido, tentando disfarçar a satisfação pessoal de ser responsável por um corpo capaz de produzir um bebê, muito embora eu não sentisse nenhuma conexão com aquele miolo massudo de carne que dentro em pouco seria meu filho. Berta não se convencia e seguia emendando uma pergunta na outra. Como vai se chamar? Não sei. Quem é o pai? Não quero dizer. É o gringo aidético? Todo mundo no colégio está comentando que o gringo é o pai e que ele tem aids. Ele não tem aids. Nesta tarde morna, enquanto Berta mascava o pão seco, Lúcio abria silenciosamente a porta da cozinha e entrava pé ante pé no nosso apartamento sujo. Ele desviava com desenvoltura das pilhas de caixas que chegavam a roçar o teto, dos quadros por pendurar escorados na parede, das montanhas de objetos aleatórios que não à toa estavam dispostos ali, afinal, tinham, sim, um propósito futuro. Esses potes são para a doceira, filha, mas são muitos potes, pai, podemos jogar fora alguns potes, não, não podemos, me deixe em paz pelo amor de Deus, filha. Lúcio caminhava como um gato em meio aos destroços da nossa vida comum, rodeando as cadeiras de plástico, cujas pernas esconjuntadas não sustentariam mais o seu peso. Depois de atravessar o corredor sem que percebêssemos sua chegada, Lúcio deteve-se silenciosamente diante da porta escancarada do meu quarto e deparou-se com a cena da Berta me acordando com os barulhos de mastigação, eu ainda confusa, mas irritada, a meia encardida sobre os olhos, resistindo ao sol da tarde que lambia minha cama e às perguntas incisivas da minha irmã. Lúcio sorriu no canto da boca e, anunciando finalmente sua presença, disse com uma voz clara e solar, oi, filhinhas, a vida é tão boa. Ainda assombradas e com as mãos sobre nossos corações agitados, ralhamos com ele. Que susto, pai! Vai acabar matando o neném!

O SANGUE NAS MÃOS POR DEBAIXO DO MAR

Quando menos esperávamos, numa tarde chuvosa de domingo, ainda com a toalha enrolada na cintura depois de sair do banho (o cheiro de xampu avivando a casa), uma manhã, bem cedo, calculadamente posicionado na área de serviço, enquanto abríamos, soporíferas, a porta da geladeira à procura de um restinho de leite que fosse e dávamos de cara com o isopor velho de uma marmita ancestral, Lúcio disposto, enérgico, agitava os quadris, o resto do corpo imóvel, os joelhos levemente curvados, executando a tradicional dancinha de Lúcio, que significava essencialmente "eu amo vocês e amo fazer vocês rirem". Ríamos e implorávamos que parasse, mas no fundo desejávamos que nunca parasse. Lúcio na penumbra do seu quarto, vigilante, aguardando a hora exata de levantar o gancho do telefone sem que notássemos — no exato momento em que atendíamos — e, quase sempre, do outro lado da linha, era um afiliado do nosso extenso clube de amigos. Na escuta, Lúcio não movia um músculo, não emitia um som, até que, de início por intuição e em seguida por força de hábito, pedíamos educadamente, mesmo que de maneira cínica, pai, já atendi, pode desligar. Lúcio não dava um pio, insistíamos, o tom de voz cada vez mais próximo da revolta, pai, pode desligar, ele ainda calado como um sabonete. Então, um dia, depois de muito insistir, Berta não se conteve e, após um longo suspiro, pai, eu sei que tu tá aí, e ele afastou o bocal e berrou, imerso no ar viciado do quarto, o grito estourando o som no alto-falante do outro lado da linha, não, não estou! Os jogos de palavras, o apreço pela repetição de sons, pelo simples prazer de criá-las, palavras que pareciam brotar umas das outras como esponjas do mar, Lúcio repetindo os versos, orgulhoso de si, nós duas, meio que perplexas tomadas por palavras novas, ou por novos usos de palavras velhas, nos voltávamos para nós, introspectivas à nossa maneira, Berta fingindo distração, soprando a franja lisa que insistia em invadir seus olhos e eu, arrancando fios do topo da minha cabeça por longas horas seguidas. O zelo exagerado de Lúcio ao abrir um presente: 1. Jamais arrancar intempestivamente o papel; 2. Jamais levantar o durex deixando rasgos irreparáveis no papel; 3. Demorar-se na leitura da dedicatória mais do que o necessário; 4. Tecer comentários longuíssimos a respeito da dedicatória e desdobrar esses comentários em temáticas distantes do contexto original; 5. Deixar seus espectadores (eu e Berta) tiriricas da vida de tanta curiosidade de ver o conteúdo do pacote ou de assistir à reação do beneficiado (Lúcio); 6. Por fim, desembrulhar o presente e então abrir o sorriso mais sincero e engelhado do mundo. Depois, Lúcio dobrava cuidadosamente o papel, de maneira esquemática, procurando deixar a etiqueta da dedicatória com a face voltada para cima, e em seguida depositava o papel festivo e primorosamente dobrado no próprio bolso da camisa para depois assentá-lo sobre as pilhas de papel de presente dispostas ao lado do seu travesseiro magro. Quem sabe mais adiante não teriam serventia? Dos jogos de palavras ocasionalmente surgiam musiquinhas, xotes, boleros e baiões, muitas vezes dançados com aqueles sacolejos do quadril que matavam eu e Berta de rir.

OUTROS OLHOS E ARMADILHAS

Foi o começo das minhas exigências. Definitivamente não dava para conciliar bebês e baratas. À medida que minha gravidez foi avançando e tomando significado real — não era a ideia de um bebê, era mesmo um bebê alocado na minha barriga, desenvolvendo pequenos ouvidos, minúsculas narinas, vinte dedotes, nos pés e nas mãos, pálpebras finíssimas recobrindo bolas gelatinosas e negras que dariam lugar a olhos, diminutos pâncreas, baço, fêmur, coluna dorsal de sardinha, ossinhos deixando de ser meras cartilagens para ganhar consistência e solidez —, eu fui conquistando uma voz autoritária e definitiva. Como se a capacidade de gerar um ser humano coubesse só a mim, anulando assim todo o curso da história da humanidade, negando as incontáveis barrigas que pipocaram nos ventres das mulheres ao longo de duzentos mil anos, retirando dos demais (Lúcio incluso) a competência reprodutiva (das baratas, não); só eu e as baratas éramos capazes de nos reproduzir. Somado a isso, o evidente abandono do pai da criança me afiançava o direito à tirania. Pai, temos que chamar uma dedetizadora. Sim, filha. Temos. Mas antes preciso me organizar. Pai, temos que chamar uma dedetizadora AGORA. Filha, não é assim que se chama uma dedetizadora. E, antes que ele emendasse no tom vitimado a ladainha de sempre que culminava no clamor pela majestosa chegada da morte, e por que, oh, por que a morte não lhe vinha, abri a lista telefônica e, folheando furiosamente as páginas frágeis em busca da letra D, bufando com um ressentimento violento que se revelava nas bolhas de suor porejando sobre meus lábios crispados, o maldito vento que nunca corria livre naquele apartamento imundo, gritei que aquele lugar era um pesadelo e que Lúcio era um pai egoísta e que eu ia jogar tudo fora, e que eu vivia numa lixeira, e que eu odiava minha vida, inclusive a vida daquele bebê. Quando terminei de urrar, o ar faltando na garganta seca, os espasmos do meu corpo me jogando contra as paredes do corredor abafado e úmido, Lúcio me encarava com um olhar conspurcado de dor. Filha, não jogue as minhas coisas fora. Eu imploro. Nelas eu guardo a minha vida inteira.

QUANDO EU VOU PARAR DE TE MATAR?

O cheiro doce das baratas desaparecera depois que todas elas foram exterminadas pela fumigação. Os funcionários da dedetizadora se olhavam enviesadamente, após uma vistoria rápida no apartamento. Aquele que parecia ser o chefe deles coçou a têmpora antes de admitir que talvez o veneno não eliminasse todas as pragas que até então dividiam a morada com a gente — baratas de várias espécies (das francesinhas às voadoras), cupins, formigas, traças, mariposas, muriçocas, moscas de banheiro e aranhas que de tão delicadas (as pernas finas faziam com que seus corpinhos parecessem flutuar) me cativavam fundo —, *já que*, então voltou a coçar a têmpora suada, *tem muita coisa por aqui*. Quando ele disse *coisa*, estava claro que queria dizer *tralha, lixo, entulho*. Mas aquele jeito de viver não tinha nome. Lúcio, agora levemente irritado, resolveu a questão: Sim, amigo, moramos numa lixeira. Acho que nem os insetos gostam muito de viver por aqui. O veneno que o senhor vai passar só vai dar um empurrãozinho neles. Por favor, aplique-o. Vamos querer dedetizar o nosso pequeno aterro sanitário de todo jeito. O funcionário olhou atônito para os colegas que, próximos à porta da cozinha, mal disfarçavam o riso. Vacilante, chacoalhou a cabeça, como se assim pudesse purgar o último diálogo travado com Lúcio, e com a fala um tanto arrastada ordenou que fossem buscar as duas pulverizadoras guardadas no furgão estacionado lá embaixo.

BOLHA DE CATARRO

Mesmo com a casa aparentemente livre de todos os insetos, eu continuava faltando à aula e acordando muito depois do sol. Deslizava da minha cama para o banheiro e do banheiro para a minha cama e não tinha vontade de comer. Desisti daquele ano letivo sem comunicar Lúcio. Mais uma das minhas exigências; no entanto, não verbalizada. Simplesmente deixei de frequentar o colégio, até que um dia Lúcio se deteve diante da porta aberta do meu quarto e me perguntou se era isso mesmo. Estava claramente chateado, mas, tratando do tema como se eu fosse uma adulta, dona das minhas decisões e do meu destino, Lúcio não me repreendeu. Apenas disse que continuaria pagando as mensalidades do colégio caso eu me arrependesse e quisesse voltar a estudar. Retirou-se para o seu quarto arrastando as chinelas e respirando um pouco mais forte do que o normal. Lúcio nunca me repreendia. Mesmo quando Berta tirava notas risíveis, bimestre após bimestre, Lúcio também não dizia nada. As coordenadoras do colégio já haviam desistido de alarmá-lo. Ele confiava em nossa inteligência, e isso estava claro; mesmo que no fundo achasse uma tremenda burrice perder tempo com o que não se gosta de fazer. Se vocês não gostam de estudar, por que então repetir mais um ano? Eu ficava sem resposta. Berta também.

NUM LUGAR AINDA MUDO

Até o momento não havíamos acertado como seria "a vida com o bebê". No sentido prático mesmo. Onde o bebê dormiria? Onde tomaria banho? E o enxoval? Quem lavaria as fraldas de pano quando eu estivesse dando de mamar? Como eu daria de mamar? Dar o que de mamar se eu mal comia? Mesmo que ainda faltassem bons meses para o parto (segundo os cálculos traçados com caneta BIC nas bordas do calendário da minha agenda), aquelas questões começaram a me angustiar, não de uma maneira clara, mas difusa; acho que daí brotou minha voz autoritária e definitiva. Era uma forma de me defender do passado, do presente e do futuro. Se antes eu negava a existência do bebê, pouco tempo depois eu negava a nossa casa e, como um desdobramento do espaço, a vida que levávamos dentro e fora dela. Como trazer um bebê para dentro de uma lixeira? Como dar a um bebê uma mãe que pedia ovos às vizinhas, fiscalizava a respiração do pai e bebia para anestesiar a sensação permanente de declínio, desamparo e morte? Como dar a um bebê uma casa sem sofá? Sem lava-roupas, sem talheres limpos, sem gavetas forradas, sem lâmpadas acesas, sem bandejas de iogurte na geladeira, sem aconchego, sem amaciante líquido? Minha maior preocupação era essa: como aninhar nos braços o meu filho, se o que eu tinha no lugar dos braços eram dois gravetos pálidos que mal sustentavam minha cabeça? Lúcio insistia para que eu marcasse uma consulta com o obstetra — ainda não tinha começado o pré-natal. Protelando qualquer espécie de diagnóstico, qualquer palavra que me impusesse um destino, eu congelaria o tempo e o espaço, ali, encapsulada no meu edredom.

NÃO TEM O P DO PERIGO

Lúcio fez menção à ideia de mudança. A ideia era trancar aquele apartamento, com todos os objetos dentro, todos, até os mais absurdos, como a nossa coleção de decodificadores de TV a cabo quebrados, e mudar para uma casa nova, vazia, e começar a povoá-la do zero. Lúcio me comunicou seu plano, explicando, de maneira organizada e com gestos lentos, como imaginava o nosso futuro próximo. Por causa do ventilador constantemente ligado na minha cara, eu perdia uma palavra ou outra de Lúcio, e então pedia pra ele falar mais alto enquanto me aninhava debaixo do edredom. Impelindo uma calma inventada, Lúcio repetia pausadamente a palavra comida pelo vento das hélices sujas; o seu tom ganhava uma expressão cínica a cada palavra repetida. O que eu queria, de fato, era que ele repetisse quantas vezes fosse necessário para eu acreditar que a gente podia ter um futuro bom. CA-SA NO-VA. TRAN-CAR PA-RA SEM-PRE A CA-SA VE-LHA. SIM, FI-LHA, COM TO-DO O LI-XO DEN-TRO. PA-RA TO-DO O SEM-PRE. Os esboços, os desenhos do meu quarto dos sonhos, a cômoda, o abajur, a cortina, o baú, a cortiça em formato de coração, tudo ali, aconchegante e novo, ao meu alcance. O oásis ganhando massa e contornos reais. E Berta? Como seria o quarto dos sonhos de Berta? Na casa dos sonhos de Berta também tinha sofá? Depois que Lúcio seguiu em direção à cozinha para checar a mangueira de gás e encher de água os copos engordurados jogados na pia, deixando a conversa em aberto, sem definir como e quando daria os próximos passos do nosso plano de mudança, voltei a cochilar debaixo do meu edredom cinza, sob as rajadas de vento das hélices sujas, entorpecida pelos hormônios da gravidez. No delírio que antecipou meu sono, não desenhei nenhum esboço para o quarto do bebê.

MÃE FANTASMAL

Com a ideia da mudança em vista, meu humor foi melhorando aos poucos. A disposição física também contribuía para que eu sentisse vontade de sair de casa. De repente os dias pareciam mais leves, como se uma camada grossa de poeira espalhada sobre todas as coisas e sobre cada pensamento entulhado na minha cabeça tivesse sido sugada por um imenso aspirador de pó. Agora eu ouvia o mar sussurrar no meu ouvido. Os contornos dos incontáveis objetos espalhados pela casa, empilhados pelos cantos, arranjados de maneira improvisada para nunca mais serem manuseados, as linhas que delimitavam seus conteúdos, seus materiais, suas funções, agora estavam mais definidas, o destino de cada objeto mais evidente. Isso é lixo. Isso é uma lembrança descartável. Isso é importante. Isso é fundamental. O mar murmurava, engolfando as ondas, emitindo um som rouco. Espiei o céu pela janela, me esgueirando por trás do guarda-roupa, e vi um céu alto e claro. O vento que ricocheteava na fachada do prédio, chacoalhando de leve as esquadrias de alumínio de todas as janelas, de todos os andares, refrescava minhas orelhas. Lá dentro as roupas velhas, amarrotadas, manchadas de pasta de dente. Lá fora o futuro, o meu filho, uma casa limpa para todos nós. Fui beber um copo de água gelada para celebrar essa nova disposição. Encher o copo de pedras de gelo, amontoá-las ao máximo e, depois, derramar a água ferruginosa do filtro (cuja vela jamais fora trocada) nos meandros estreitos que se dispunham entre uma pedra e outra. Até a boca. O copo ganhando peso e importância. A minha pequena vitória sobre as forças indômitas da natureza. Quando abri o compartimento do freezer, todas as fôrmas de gelo estavam vazias. Numa das fôrmas jazia o corpo de um mosquito congelado. Enquanto ainda ouvia o gelo flocado que encapava o interior da geladeira estalar e o vapor frio escapar lá de dentro, amaldiçoei Berta. A culpa era dela, só podia ser. Lúcio nunca usava gelo, ainda que enchesse as fôrmas sempre que lembrava delas (ao esticar o ritual de verificação de luzes, checagem de escapamento de gás e conferição do sinal telefônico, por exemplo). Lúcio jamais sentia calor, as janelas quase fechadas, exceto a pequena e calculada fresta, por onde o vento sibilava. Quando Lúcio suava, era pela cabeça. Os fios finos e pretos grudados no crânio, ganhando um aspecto gorduroso, e Lúcio dormindo, como agora, em seu quarto penumbroso e abafado. Com sede, fechei a porta do congelador e maldisse Berta repetidas vezes, até que, como um Bettlejuice de camisola puída, ela surgiu toda serelepe na cozinha, cantarolando uma canção. *Bebeu água? Nããão. Tá com sede? Tôôô.* A cara de pau ainda tripudiava. Ao abrir a geladeira e pegar o último pedaço de pão seco, ela imitava a coreografia do Carlinhos Brown, chacoalhando a cabeça e saltitando de um lado para o outro com o braço direito erguido, o pão duro preso à mão; os farelos caindo sobre sua cabeleira escorrida. *Olha a água mineral, água mineral, água mineral.* Ainda fingindo que eu não estava ali, imóvel, meus olhos em brasa, Berta abocanhou o pão e continuou a cantar com as bochechas distendidas, *Vofê fai ficar legwal,* e seguiu dando pequenos pinotes em direção ao corredor até sumir de vista, dobrando à direita em seu quarto. *Piriripiriripiri.* Permaneci imóvel. A raiva foi se dissipando como a fumaça gelada, mansa. Decidi então raspar com uma colher os flocos de gelo que cobriam a superfície metalizada do freezer e encher meu copo daquilo que acreditávamos ser neve. Eu estava surpreendentemente mansa. Pouco tempo atrás eu teria jogado o copo vazio no chão para sangrar os pés saltitantes de Berta. Mas agora eu não queria brigar com Berta, com Lúcio, com Aramis, com Sean, com Neca, com Clau, ninguém. Só queria beber água gelada, sair de casa e mergulhar no mar morno.

SUMIDOURO

Vasculhei as gavetas à procura do meu único biquíni. Encontrei a parte de baixo, a lycra um tanto lasseada, e me lembrei que havia perdido a parte de cima no Carnaval. O jeito era surrupiar o biquíni de Berta; já que ela estava excepcionalmente em casa, e havia dias, eu teria que me sujeitar e pedir à minha irmã o seu biquíni emprestado. Bati à sua porta (sempre fechada), e na terceira batida ela gritou lá de dentro, *pode entrar!* — outra mudança notável. Berta sempre perguntava quem era e, sem convidar o requerente (eu ou Lúcio) para entrar em seu território, avançava com pisadas fortes e mal-humoradas em direção à porta do quarto, abrindo-a o suficiente para que sua cabeça coubesse na pequena fresta. Com a voz seca e a maior cara de você-acabou-de-estragar meu-precioso-momento, perguntou *o que é?*, e o que Berta fazia trancada por horas lá dentro? Entrei. O quarto cheirava bem. Além do empenho em limpar meticulosamente as paredes do quarto, Berta costumava lavar suas roupas na casa da Mariana, e isso contribuía para que o odor daquele espaço privilegiado do apartamento me remetesse a amaciantes de qualidade e, por derivação de sentido, vida feliz. Berta estava sentada na cama, o travesseiro, encostado na parede, servindo de apoio para as costas. O seu pé esquerdo, enorme, flutuava no ar, a canela devidamente depilada apoiada na beira da cama. O pé direito recolhido junto ao corpo. Ela, com uma tampa de esmalte na mão, pintava de vermelho o dedão do pé. O gesto ficou em suspenso, com o pincel embebido de esmalte. Berta então voltou a me dirigir o velho olhar de desprezo e, como se estivesse executando uma tarefa imprescindível, me perguntou o que eu queria. Uma gota rubra pingou em seu lençol limpo e perfumado, e eu não avisei. Fui direto ao ponto, me empresta um biquíni? Ela revirou os olhinhos. No entanto, percebi que, no momento em que as bolas dos olhos, retorcidas, alcançavam o seu limite e acobertavam-se sob as pálpebras, Berta foi tomada por um sentimento de culpa. Ou melhor, de amor? Respirou fundo, abriu os olhos sempre molhados e ferinos e disse com a voz mais doce que conseguia, pode pegar na última gaveta. Fica pra você, não vou mais usar. A mãe da Mariana me deu um lindo da Cantão. Avancei, faminta, em direção ao guarda-roupa de Berta. Desde que nos separamos de quarto, o acesso àquele nicho me fora energicamente proibido. Berta trancava as portas do guarda-roupa à chave e levava-a consigo para onde quer que fosse, guardada sempre no compartimento frontal de sua mochila jeans. (A chave da porta do quarto dela era a mesma do meu, logo, não garantia a segurança de seus pertences valiosos.) Era a primeira vez que eu tinha livre acesso ao guarda-roupa de Berta. E como cheirava a baunilha! Podia-se vislumbrar algumas peças novíssimas, ainda com as etiquetas — provável que todas as peças ali fossem refugo do cobiçado closet da Mariana. Catei o meu novo biquíni como se estivesse colhendo flores num campo verdejante sob um sol místico. Como uma serviçal, agradeci rapidamente, abaixando a cabeça sem encará-la e me voltando em direção ao corredor o mais rápido que pude; a qualquer momento ela bem podia desistir da esmola. Ainda ouvi Berta ralhar consigo mesma ao ver a gota de esmalte, já enrijecida, conspurcando o seu lençol.

ENDOIDECIDO GAFANHOTO

Do corredor avistei o corpo de Lúcio deitado de barriga pra cima. Tirava seu habitual cochilo do começo da tarde, que constituía uma grande fatia do total de suas horas diárias de sono. Mesmo descansando profundamente, no canto da cama, espremido pelas fileiras de tralhas espalhadas sobre o colchão sem lençol, Lúcio dormia como um soldado, reto e vigilante. Fui ao banheiro, me despi e vesti a parte de baixo do biquíni velho que eu acabara de herdar. Arrumei a parte de cima do biquíni no tórax, sentindo o inchaço pétreo nos meus seios, apalpando-os cientificamente, e a cada dia os reconhecendo menos. Quem era mesmo eu? Como pude ser tão humilhada por Berta? Até meu nariz estava diferente, mais reto. A pele do rosto viçosa, os cabelos enegrecidos. Como Berta pôde adquirir tanta autoridade sobre mim? A dinâmica não costumava ser essa. Quando ela era uma forasteira e apenas visitava o apartamento, a fim de catar um livro, um documento ou um sapato de festa esquecido, o terreno era todo meu. A voz de comando era minha. Depois que engravidei, essa voz recrudesceu, minha autoridade estava firmada, especialmente em relação a Lúcio. E agora era *isso*? Berta me subjugando, me tratando como se eu fosse um piolho? Examinei o espelho em busca de uma pista, esquadrinhei meu novo rosto, cada vez mais redondo; as olheiras evanescendo como se nunca tivessem existido. Eu precisava ir à praia. Entrar e pensar no mar, sentir as canelas salgadas, a pele estalando e coçando, a cabeça diferente depois do mergulho. Não consegui amarrar a parte de cima do biquíni sozinha; nas duas vezes que tentei o laço ficava frouxo. Não me sujeitaria a pedir mais nada à Berta e, se eu não precisasse de um biquíni, jogaria na porta dela agora mesmo a esmola de lycra lasseada que ela me deu. Como um tomate lançado com fúria em direção ao palco. O jeito era acordar Lúcio. Pai? Bastou que eu sussurrasse uma só vez para que ele abrisse os olhos, alerta. Filha. Ele silenciou. Recompôs-se do cochilo profundo. Permaneceu deitado, assimilando a luz da tarde que varria seu quarto sujo, piscando vagarosamente para o teto. Diga, filha. Você pode amarrar meu biquíni, pai? Não estou conseguindo amarrar sozinha. Suspira. Como se estivesse guardando aquele ar velho há semanas. E o médico, filha? Bati o pé no chão empoeirado e, enquanto segurava as alças do biquíni, com uma só mão colada nas costas, bufei, intransigente. Pai, eu só estou pedindo para você amarrar meu biquíni. Se você não puder, posso pedir à Berta (blefei). Abigail, Lúcio ajeitou-se com dificuldade sobre o colchão. Procurou sentar-se, mas suas pernas eram grandes e rijas. Finalmente se acomodou sentado à beirada da cama. Abigail, repetiu depois de um longo suspiro, os olhos voltados para os meus pés impacientes. Você é dona da sua vida. Desde o momento em que você quis ser, você foi. Mas, escute, filha. Eu posso também ser seu amigo. Você pode contar comigo, sempre. Eu já vivi alguns anos, você sabe. Eu posso até dizer que conheço um pouco da vida. Então, me escute, Abigail. Eu posso ajudar você, se você quiser aceitar a minha ajuda. O que eu mais quero na vida é poder ajudar vocês, minhas filhas. Eu posso antecipar armadilhas, sugerir caminhos e dizer coisas que talvez possam tornar a sua vida melhor. Muito melhor do que a minha. Filha, coopere. Vá ao médico. Eu vou com você. Vai ser bom. (Fiz um muxoxo antipático.) Tá. Eu vou marcar a consulta para a próxima semana. Prometo. *Próxima* semana? Lúcio arregalou os olhos, consternado. Encarei-o e estudei os bolsões de gordura sob seus olhos tristes. Os vincos paralelos que saíam do nariz vermelho não encontravam resistência nos lábios murchos e desaguavam no queixo. Baixei o olhar e mudei bruscamente de assunto. Você pode ou não amarrar meu biquíni?

A PANCADA DO MAR

Do quarto de Lúcio até a praia foi um pulo. (Os nós por cima dos nós, garantindo que as alças do biquíni jamais se soltariam.) A orla não ficava muito longe de casa, embora da janela fosse impossível ver o mar. Havia tempo ele conversava comigo e eu não lhe dava ouvidos. (Tampões de cera vedando meus sentidos, o corpo inteiro dormente, minha ventania interior.) Agora meu corpo desperto ansiava por sua água morna, cinza e salgada. Mal me contive quando, me aproximando do calçadão de pedras portuguesas, ouvi o rugido surdo e, ao chegar à arrebentação, senti minúsculas bolhas salpicarem no meu rosto e fervilharem na areia socada e quente. Ele lambia meus pés e me convidava para um abraço. Recuei alguns passos, enterrei o meu vestido na areia fofa. Girei os calcanhares voltando em direção às ondas. Um vento desgovernado varria os grãos de areia que fustigavam minhas canelas; o mar bravo botava seus caninos para fora. Até alcançar a água, desfilei demoradamente, como um manequim, uma princesa. Primeiro tocando a ponta dos pés no chão, para depois pousá-los gentis na areia. Eu estava sorrindo e não sabia o porquê; as minhas pernas bambas. Mergulhei no caldo cinza e avancei sem medo mar adentro. A temperatura morna me acolhia, a nervura das correntes oceânicas deslizava no meu corpo inchado. Quando emergi da água, vi um cardume de peixes furta-cor flutuar sobre minha cabeça. O sal ardia nos olhos; fechava e abria minhas pálpebras com força. Não para acreditar no que vira, mas para tirar o sal. Quando tornei a abri-los eles ainda estavam lá, pairando no ar, uns cinco. Suas nadadeiras pareciam asas. Aproveitei que o mar ainda estava dando pé e ergui meu braço esquerdo para tocá-los. Foi quando senti a pancada. Meu ventre esticado, sensível, contra uma onda tão forte como o punho de um gorila. Perdi o fôlego, as línguas das ondas me confundiam, os peixes submergiam, como se tivessem escoado de uma pintura. Tudo ficou amarelo. Não sei quanto tempo depois recuperei a respiração, mas já estava jogada na areia úmida, logo depois da arrebentação; minúsculas ondinhas fazendo cócegas nas minhas bochechas. Levantei-me agitando a cabeça, estapeando os ouvidos e cuspindo água salgada. Deixei o vestido enterrado lá e segui cambaleante em direção ao 402. O laço do biquíni continuava firme.

Estamos relaxados, à vontade, engolfados pelo lixo. Ainda estou vestindo o biquíni, e agora fumo um resto de cigarro picado, comprado na padaria da esquina. Minha nuca está recostada numa garrafa PET vazia. Cascas de abacaxi deslizam sobre minha barriga, deixando um cheiro de fruta passada no ar. O cheiro também se mistura ao odor das latas abertas de atum e das caixas de leite azedo. Sinto a ponta úmida de um O.B. usado fazer cócegas na sola do meu pé. À minha direita, Berta também relaxa sobre o monturo e tira um cochilo em posição fetal, fazendo uma caixa de pizza amassada de travesseiro. Com a boca em formato de peixinho, ela exala um sopro profundo, que move uma sacola plástica à sua frente, cobrindo parte do seu rosto. O bico de um borrifador escapole do lixo e se posiciona entre seu queixo e as pontas dos joelhos unidas, bem próximo às mãos. A impressão que dá é que Berta está me apontando uma pistola de brinquedo. Sorrio e olho para a minha esquerda, onde Lúcio repousa sobre objetos indistinguíveis, já em decomposição. Percebo que o ponto em que Lúcio está é um pouco mais alto, no promontório, no pico da nossa descomunal cordilheira de lixo. A pele de Lúcio é branca, como a pele de um santo, e a sujeira não parece manchá-lo; meu pai se destaca entre os restos de comida, de embalagens usadas e lembranças para sempre largadas no chão. Vejo uma penugem de mofo crescendo sobre tudo. Vejo sangue de galinha grudado na bandeja de isopor. Vejo um cotonete sujo. Vejo um bilhete amarelo escrito à mão: *Abigail, eu volto pra te ver.*

EU VOLTO PRA TE VER

Lúcio detestava jogar comida fora. Mesmo que o iogurte estivesse passado, Lúcio abria a embalagem sem medo e sugava o iogurte ainda no pote. Os pratos de comida inteiramente raspados, os talheres dispostos em perfeita transversal ao fim das refeições. A xícara de café com leite sorvida até a última gota. Quando cheguei diante do prédio, o corpo inteiro coçando de sal, a cabeça um tanto aérea, não conseguia assimilar os últimos acontecimentos: um banho de mar intenso, uma colisão, um vento doido que transformou as mechas de cabelo em chicotes. Senti as pernas bambas ao atravessar a portaria do prédio (o porteiro não disfarçava o choque ao me ver naquele estado, esquadrinhava sem pudor o meu corpo quase nu, vulnerável, camadas visíveis de areia embrenhadas no cabelo, nas escápulas, grudadas no lombo, nas orelhas, nas curvas das clavículas; mas estava cansada demais para confrontá-lo). No espelho do elevador, entre as nódoas de mãos avulsas, vi a imagem de uma mãe fantasmal, e era só o que via. No solavanco da chegada ao quarto andar, quase recuperei a consciência, mas ainda estava exausta do embate com o mar, da subida pela avenida fumegante transpirando mormaço. Logo depois de apertar discretamente a campainha do 402, o dedo indicador sem forças, olhei para o chão frio e sem capacho e vi um fio de sangue escuro escorrer na minha canela.

EU QUERO A MORTE, POR QUE A MORTE NÃO ME VEM?

Estou determinada, caminhando na quadra de esportes. O sinal toca e o professor de ciências não tolera atrasos. Observo meus tênis amarelos, direito e esquerdo, direito e esquerdo, pisarem marcialmente no chão de cimento da quadra. Em nenhum momento levanto a cabeça, e sinto o sol morder minha nuca. Logo à frente avisto um caco de vidro verde cintilar. Ele tem a forma de uma meia-lua e duas pontas anavalhadas viradas para cima. Estou decidida. Sigo em sua direção e piso com firmeza em uma das pontas; a borracha do meu tênis amarelo me defenderá. Foi um movimento calculado, estou quase certa do meu prognóstico; só duvido dele um pouco. Em uma sequência truncada de eventos, a segunda ponta do caco mergulha agressiva na pele fina logo abaixo da unha do meu dedão direito. O movimento pendular é abruptamente interrompido pela carne sensível que eu julguei protegida pela lona amarela. A constatação demora a vir. O líquido vermelho floresce no tecido, e logo sinto uma tontura fazer a quadra de esportes levitar. Perco a aula de ciências. Sentada na maca alta da enfermaria do colégio, observo as bolhas de água oxigenada fervilharem na ferida, e depois, a sangue frio, a linha negra atravessar minha carne. Quando chego em casa, exagerando na lamúria, exibo o curativo para Lúcio, como se fosse um troféu de sofrimento. Lúcio observa de longe o dedão costurado e envolto em esparadrapo e então me recomenda, beirando a indiferença, antes de seguir para o seu quarto: beba água, filha.

CADAFALSO

Lúcio fungava mas não chorava. Estava acomodado no banco do carona do táxi, segurando o apoio de mão do teto do carro, com seus dedos enormes. Estou deitada no banco de trás, sentindo cãibras na barriga, dores lancinantes no quadril e um calafrio na espinha: então tinha um morto dentro de mim? Embreagens engasgadas, freadas hesitantes e curvas abruptas, estamos indo ao hospital e, para otimizar o tempo do meu socorro, Lúcio guiava o caminho por atalhos que o motorista desconhecia, depois do sinal, dobre à esquerda, agora, três ruas após o outdoor do cursinho de vestibular, esquerda de novo. Cuidado com a lombada! A gente avançava aos trancos e num desses pinotes a cabeça de Lúcio raspou o teto encardido do táxi; ele conhece a cidade como conhece as filhas. Os prédios residenciais recobertos de azulejos multiplicando-se como anêmonas. As papoulas brotando dos canteiros sujos. O outdoor de cursinho de vestibular seguido pelo de aguardente; alunos exemplares exibindo sorrisos gengivais e olheiras profundas, a modelo de coxas roliças, deitada de lado, vestida em um biquíni cavado, dividindo o quadro com uma garrafa desproporcional. Eu ouvia o motor do táxi ou é o meu filho sufocando? O topo da minha cabeça formigava, e a sensação de dormência avançava pelo corpo. Agora deitada no banco de trás, eu vislumbro parte da janela. O cheiro nauseabundo do assento sujo e desgastado. A copa das árvores esparsas manchando o vidro de verde. A voz firme de Lúcio antecipando o caminho. Uma doce canção de ninar. Quando acordei, não estava louca, um médico examinava meu pulso e usava uns oclinhos redondos e escuros, como os do Léon no filme *O profissional*. Ao fundo, escutei um murmurejar de água.

BATIMENTOS CARDÍACOS AUSENTES

Estou diante do mar, vagalhões cinza quebram na areia úmida e socada. Uma fina película brilhante percorre a margem até ser arrebatada pela pancada de água salgada e espuma.

Poucos metros acima, sobre meus tênis amarelos, os calcanhares de fora roçando na areia solta, avanço. Calço os meus tênis como se fossem tamancos, amassando os talões puídos, e ando engraçado, equilibrando-me nas pontas dos pés, a areia morna invadindo as palmilhas e os recônditos dos meus dedos. É fim do dia, o sol hesita e quase não se põe nas minhas costas. Mesmo ciente da braveza do mar, sigo em direção à margem. Preciso tocar o vapor, roubar para mim um punhado daquele poder. Sigo com minhas perninhas magras; os calcanhares agora úmidos e sujos de areia molhada. De assalto, um paredão imenso ganha corpo diante de mim. A água vertical que se levanta é tão cinza que me parece um espelho. Finjo me ver (ou me vejo?) refletida diante daquela imensidão grosseira: altura mediana, cabelo castanho e afofado contido por um elástico gasto, os olhinhos espremidos, tórax singular, dependido para o lado direito, a costela esquerda despontando na pele como um terceiro seio, mais expressivo do que os demais, joelhos pontudos, quase valentes, me guiando como batedores de uma batalha já perdida. Quando avanço, prendendo o ar no peito, a imensa onda quebra de chofre, despencando na areia. Dou passinhos ágeis para trás e fujo com sabedoria, de ré. Detenho-me em um ponto seguro, permitindo que a água espumosa e inofensiva que corre após a arrebentação lamba o meu pé. A onda rasteira vem, eu quase sorrio, e engole um dos meus tênis, rápida como uma cigana. Ainda vejo o meu surrado tênis amarelo boiar, engolfado pelas ondas que se formam no movimento de retração. Ainda ensaio um resgate, mas o mar brinca comigo, ocultando e revelando o meu tênis. Meu tênis, que tinha se conformado aos contornos exatos dos meus pés, que tinha o meu cheiro, que conhecia o meu caminho. Meu. Agora dele. Não há como reavê-lo.

Estava deitada na maca, após o procedimento. Foi necessário fazer uma curetagem depois de constatarem ausência de batimentos cardíacos no embrião. Os olhares das enfermeiras e do médico de oclinhos redondos eram acolhedores; o cheiro do lençol asséptico também. Óbito embrionário. A TV pairava desligada no canto superior do quarto; eu ainda estava grogue da anestesia. As enfermeiras se alternavam entre monitorar os meus sinais vitais, examinar o acesso enfiado no meu braço esquerdo e aferir o gotejamento na bolsa de soro com medicação analgésica e anti-inflamatória. O procedimento não teve nenhuma intercorrência. O embrião media dezesseis milímetros em seu comprimento cabeça-nádegas. Meu filho tinha um minúsculo bumbum. Pai? Você taí? Estou, filha. E a Berta? Tá lá fora comendo alguma coisa. Lá fora onde? Na lanchonete do hospital. Lúcio estava sentado no sofá-cama de vinil, as pernas semiabertas, sólidas, formando um ângulo reto em relação ao chão. Meu pai estava ali ao meu lado, não conseguia vê-lo sem que fosse necessário virar para trás, e todos aqueles fios, tubos e a própria prostração da anestesia me impediam; mas podia sentir sua presença montanhosa, o olhar vigilante, perscrutando cada movimento meu, do médico de oclinhos e das enfermeiras. Depois de tomar algumas notas, o médico me perguntou se eu me sentia bem. Hum-hum. Eu ainda estava levitando sobre uma dor sulfurosa que, de tão sufocante, eu rejeitava. Antes de virar a cabeça para o lado oposto de Lúcio e mergulhar num sono acachapante, a boca seca clamando por um copo d'água sem conseguir emitir um som, perguntei sem medo, doutor, como eram os olhos do meu filho? E mesmo que dias depois e pelo resto da vida Lúcio tivesse negado tenazmente que esse diálogo ocorrera, o médico respondeu, já de saída, caminhando em direção à porta, viscosos e inexpressivos como os de um gafanhoto, Abigail.

CASULO DE EDREDOM

Nelson Ned ou Agnaldo Timóteo? Não vale morrer. Tomar sopa de cera do ouvido de um cachorro ou milk-shake do catarro de um mendigo? Não vale morrer. Transar com o Rolando Lero ou enfiar o dedo na bunda da Aracy de Almeida e chupar? Não vale morrer. Era assim que eu e Berta nos divertíamos nos raros momentos em que não estávamos gladiando uma com a outra. Era intenso e desesperador. Levávamos tão a sério o dilema que tinha sido imposto pela brincadeira que encarávamos nossas escolhas com discernimento e bravura. Sob risos nervosos entremeados por explosões de gargalhadas, sofríamos com as imagens que nossas cabeças projetavam diante dos nossos olhos. Berta sabia que meu fraco era o Agnaldo Timóteo. Então, quando estava cansada de pensar e queria me torturar um tantinho que fosse, incluía o Agnaldo Timóteo em todos os dilemas, sequencialmente. Aí eu ficava sem titubear com o Nelson Ned, o Russo, o Pedro de Lara, a Aracy de Almeida, o Roque do Silvio Santos, o Sargento Pincel, as almôndegas de casca de ferida, o purê de pus, o espaguete de oxiúros, a farofa de unha, o risoto de tapuru e, se possível, com a morte. Mas a morte não era uma opção.

PÃO CEDIÇO

As visitas de amigos, conhecidos e desconhecidos foram rareando. Veio o Marlos para contar de sua recente transcendência na praia, quando ficara um mês alimentando-se de luz e água do poço; o mês seguinte passara no hospital, sob os olhares compungidos dos pais, angariando glóbulos vermelhos e recuperando um número decente de plaquetas. Rona também apareceu outro dia para contar que estava namorando o cabeludo misterioso que vez ou outra aparecia sozinho nos shows de metal, sempre de camisa branca. Às vezes o interfone tocava indefinidamente, sem que me fizesse mover um músculo. Até que o porteiro desligava e a então visita ia embora à procura de outro amigo para escutar um som, ver um filme numa fita VHS, trocar ideia, cheirar loló ou fumar maconha. Mas, quando estava em casa, Lúcio, fazia questão de atender polidamente o interfone, para em menos de um minuto deixar o porteiro confuso com muitas perguntas. Mas ele é amigo da Berta ou da Abigail ou das duas? E qual é o sobrenome do Maisena? Não é possível que ele tenha só esse nome. Ele quer subir ou quer que ela desça? E quem disse que ela está aqui? Eu sentia o aperto no coração do porteiro, a ânsia do pobre homem em fugir daquele diálogo, farejava o seu desespero em livrar-se daquele labirinto de nuances lanuginosas, palavras-passe e armadilhas fatais: inescapável e humilhante. Então eu gritava da minha cama, aninhada como uma pupa debaixo do edredom, a voz a princípio sumida, rouca, e logo depois ganhando uma força ditatorial, pai, fala que eu não tô..., PAI, FALA QUE EU NÃO TÔ! Depois de inquirir o porteiro com mais algumas perguntas e aparentemente sem o menor propósito, mas, no fundo (ah, como eu e Berta conhecíamos bem essa dança macabra!), só querendo uma resposta a todas as suas questões: *A culpa é minha, eu matei!* Nessa tarde Aramis conseguiu driblar o porteiro. Fazia tempo que meu ex-namorado tentava se reaproximar de mim, sem sucesso. Entrou junto com o dono do dachshund idoso que, atado à coleira, recendia a queijo. Cumprimentaram-se com um aceno de cabeça. O cachorro fez menção de latir para o intruso de camisa preta, cabelo ensebado, chinelas havaianas e bermuda jeans rasgada, mas só conseguiu expressar uma arfada fanha. Passaram diante do porteiro que a essa altura cochilava sobre o birô abertamente e sem cerimônia, a cabeça enfiada entre os braços unidos em arco. Aramis pegou carona no mesmo elevador, batucando um solo de bateria do Sepultura nas próprias coxas e respirando pela boca, até que o elevador sacudisse no solavanco do primeiro andar. O dono do dachshund despediu-se com o mesmo meneio de cabeça; mas dessa vez o intruso não correspondeu. Quando o elevador chegou ao quarto andar, Aramis parou de batucar, deu uma rápida olhada no espelho e ajeitou uma mecha de cabelo negro atrás da orelha. Arrastando as chinelas, Lúcio avançou pelo corredor em direção à porta de entrada da cozinha. Aramis, inquieto, apertou a campainha outra vez. O barulho estridente foi interrompido pela figura alva de Lúcio, o cabelo esgrouvinhado, em algumas partes rente à cabeça de tão oleoso. Boa tarde. Pois não? Aramis não esperava que Lúcio estivesse àquela hora em casa, ou em qualquer outra hora. Olhou para o piso frio do hall visivelmente desconcertado; meu pai não o convidou a entrar. Oi, seu Lúcio. Tudo bom? É... a Abigail está? Houve um silêncio longo e proposital. As bolsas de gordura sob os olhos de Lúcio brilhavam à luz do sol forte que atravessava os cobogós das escadas do prédio, divididas em muitos fachos, no meio da tarde, salpicando as paredes, o chão, Lúcio e Aramis de quadrados de luz. Como vai, Aramis? Engraçado. O porteiro não nos avisou que você estava subindo. Aramis se deteve diante do batente da porta, ainda esperando ser convidado a entrar, então inventou uma justificativa na hora. Pois é... parece que o interfone está quebrado. Quebrado? Lúcio não movia a mão da maçaneta, firme. Aguarde um minuto. Vou verificar com a portaria. Voltou-se para a cozinha e num gesto elegante tirou o interfone do gancho. Tocou poucas vezes até o porteiro atender com a voz sonolenta. Boa tarde, seu Miguel. Por acaso o interfone está quebrado? Não? Tem certeza? Muito bem. Agora vou desligar e em seguida vou interfonar mais uma vez para me assegurar de que o aparelho não está quebrado. O senhor pode atender? Obrigado. Alô, seu Miguel? Está me ouvindo? Corretamente? Muito bem. Agora o senhor me faça um imenso favor. Interfone aqui para o meu apartamento, o 402. Obrigado. O interfone tocou, estridente. Lúcio demorou três longos toques para atendê-lo, nesse intervalo olhou para Aramis com um sorriso sincero no rosto. Alô, seu Miguel. Está me escutando? Pois bem. Para qual apartamento o senhor interfonou? Isso. O 402 é aqui mesmo. Obrigado, seu Miguel. Boa tarde para o senhor. Acomodou o aparelho no gancho com uma diligência desnecessária. Voltou-se então para Aramis, com o mesmo sorriso no rosto. Rapaz! Não é que está funcionando? O toque estridente do interfone me despertou do sono pesado acentuado pelos anti-inflamatórios. Pai? Quem tá aí? Um fio de voz escapou do meu quarto morno. Aramis permanecia no hall, calado, imobilizado pela vergonha e incapacitado de pensar em uma saída rápida e digna. Os pequenos quadrados de luz moviam-se lentamente. Lúcio — sempre hipervigilante, sobretudo em situações cotidianas, que não suscitavam perigo — me ouviu. Do outro lado da porta, Aramis ameaçava voltar a batucar as próprias coxas para que pudesse dessa maneira recuperar o raciocínio, mas num movimento ágil conteve as mãos; estava cara a cara com meu pai, que lhe inquiria com os olhos negros e molhados, sem dizer uma palavra. Lúcio resolveu quebrar o silêncio: espere aqui um minuto, Aramis, e se demorou, já arrastando as chinelas em direção ao corredor que ia dar nos quartos, por favor. De dentro do meu casulo de edredom cinza, disse a Lúcio que não queria ver Aramis. Que não deixasse Aramis entrar. Lúcio acatou meu pedido sem questionar as razões da minha recusa, como se de uma maneira tácita compreendesse o que me levava a rejeitar Aramis; nem eu compreendia, só estava cansada, oca e triste. Foi quase com um sorriso no canto da boca que Lúcio pediu que Aramis fosse embora. E mesmo que Aramis resolvesse num ato de coragem perguntar se eu estava em casa e, não tendo resposta, contra-argumentasse com a ideia de que se eu não estava em casa seria impossível que eu não quisesse recebê-lo, Lúcio em nenhum momento diria que eu não queria recebê-lo. Só pediu que Aramis fosse embora. Com a voz firme e definitiva. Não havia maldade entre aqueles fachos de luz que cruzavam o hall do quarto andar: um homem velho diante de um homem novo, perspectivas distintas, o triplo da idade; só havia um pedido claro e honesto: sa-ia-da-qui. Aramis deu meia-volta em direção ao elevador. Quando abriu a porta de ferro, arriscou um tímido aceno de despedida, levantando a mão direita até a altura do peito e depois desistindo. Não conseguiu encarar Lúcio, que a essa altura mantinha-se calado, aguardando sua debandada, sob o batente da porta como uma sentinela. Aramis entrou no elevador sentindo-se minúsculo, não batucou, não olhou no espelho. Ainda no hall do quarto andar, meu pai certificou-se de que o elevador havia parado no térreo, para em seguida trancar com exatidão a porta da nossa fortaleza suja. Tomou um susto quando a campainha voltou a tocar. Quanta audácia! Alterado, mal teve tempo de espiar no olho mágico de vidro turvo. Não era Aramis, como supunha, mas as vizinhas oferecendo ovos.

A posição de relaxamento das mãos de Lúcio é espalmada, horizontal, falsamente retesa. Quando Lúcio estica as duas mãos, estirando as falanges elegantes, ou as relaxa, aliviando as pontas dos dedos de polpas quadradas, dá no mesmo; seus ossos não amolecem nunca. Lúcio está descansado, de pé diante de uma mesa coberta por uma toalha de sarja branca. A mão direita repousa sobre a barriga, na altura do umbigo. O braço esquerdo está estendido, Lúcio encobre um ovo com a enorme mão espalmada. É um ovo marrom, salpicado de pequenas nódoas bege. Tudo está sob controle na cena, o fundo é infinito, o olhar de Lúcio encara com dignidade o telespectador, o ovo está parado. O torso comprido e largo também não se move, o que dá a entender que Lúcio não respira. Por séculos ou segundos, os dois ficam estáticos: o esqueleto robusto de Lúcio e a casca do ovo. Fingem muito bem que são uma pintura, e sobre suas superfícies podemos adivinhar as rachaduras de verniz. Até que no olhar digno de Lúcio aviva-se um estremecimento sutil. Da dignidade de uma íris escura e nobre sobrevém uma faísca de ódio, instilada na pupila. Lúcio agora odeia o telespectador. Antes majestoso e imóvel, sua presença preenchendo todos os espaços da cena, meu pai passa a mover sua mão esquerda lentamente, flexionando as juntas, roçando os dedos uns nos outros, e depois estende a mandíbula inferior para a frente e range os dentes de maneira atroz, como se fosse um bicho. O ovo, antes protegido pela mão esquerda pousada em sua casca, agora se agita contidamente, como se estivesse na mira de um êmbolo de pedra, sentindo a pressão aumentar, em vias de explodir. Um estampido surdo ecoa pela cena, fazendo a moldura vibrar. As lâminas das cascas não ferem a palma da mão de Lúcio. Ele está determinado, com os nervos dormentes. A gosma cinza invade os gargalos entre os cinco dedos do meu pai. Grumos de um rosa pálido, carnes malformadas, fragmentos de tecido acastanhado, trambolhos imersos em muco e sangue, inúteis, incapazes de formar vida. Lixo. A poça viscosa escorre sobre a mesa.

FORTALEZA SUJA

A dor era excruciante. De onde vinha aquela dor? Resíduos, restos, lodo, lixo. Dizem que o pó das mariposas é perigoso, uma vez aspirado ou em contato com a pele, pode causar dermatites supuradas, cegueira. Ou mesmo as aranhas tênues, que depositam veneno em nossos ouvidos, em nossas narinas, enquanto dormimos. Os cocôs das baratas, cartuchinhos compactos, de um marrom denso, provocam asma e exaspero a quem os encontra alocados nas gavetas de roupas ou de talheres. Ninguém escapa. Até as inócuas lagartixas devem causar danos à saúde, quem poderá confiar naqueles olhinhos frios? O que fizeram com meu filho? Ele boiava em minha barriga como um astronauta ou estava agarrado a alguma glândula? Meu filho que mal chegou a ter um esboço de rosto. Era dali que vinha tanta dor? Do fato de o meu filho não ter um rosto? Eu cheguei a ser mãe? Ele chegou a ser meu filho? Espinha dorsal de sardinha. Olhinhos de gafanhoto. Por que você me dói tanto, filho? Eu ainda sou filha também? Eu tenho pai. Disso eu sei. Ele está dormindo, com um olho aberto, outro fechado, vigilante em sua cama suja. Você chegou a ter vô? Você chegou a ter tia? Você chegou a ter mãe, filho? Suspeito que essa dor venha lá de longe, de um soco seco, de um cuspe grosso, de um galpão sujo de sangue. São só suspeitas; imagens que me vêm de roldão, enquanto me reviro suando frio na cama, febril. Essa dor atravessará a todos nós, persistentemente, até o fim das nossas vidas. São só certezas. Mesmo que finjamos que os dias estão frescos e que um vento dócil balança nossa rede limpa, cheirando a amaciante, armada na varanda.

MÃE

"Querido diário, eu não tenho mãe há muito tempo. Eu não tenho mão. Eu não tenho quem me sugue o catarro do nariz. Eu não tenho peito. Eu não tenho quem me conserte as maçanetas da porta. Eu não tenho boca. Eu não tenho quem me defenda numa carta comprida. Eu não tenho pé. Eu não tenho quem me tire a cera do ouvido com uma pinça. Eu não tenho olho. Eu não tenho quem me conduza ao balé. Eu não tenho ouvido. Eu não tenho quem me passe o dedo delicadamente sobre o desenho das sobrancelhas. Eu não tenho sobrancelha. Eu não tenho quem me pendure na geladeira as garatujas. Eu não tenho unha. Eu não tenho quem penteie meu cabelo com creme rinse. Eu não tenho perna. Eu não tenho quem me resolva os problemas do banco em outro país. Eu não tenho cotovelo. Eu não tenho quem me acorde cedo com a voz rouca. Eu não tenho rim. Eu não tenho quem me segure a mão para atravessar a avenida. Eu não tenho cílios. Eu não tenho quem me faça macarrão. Eu não tenho joelho. Eu não tenho quem me envie um peixe pelo correio. Eu não tenho umbigo. Eu não tenho quem me diga se mamei ou não. Eu não tenho costela. Eu não tenho quem me arrume a mala. Eu não tenho bunda. Eu não tenho quem me guarde os registros médicos. Eu não tenho calcanhar. Eu não tenho quem me ensine a coser. Eu não tenho tíbia. Eu não tenho quem me olhe com doçura. Eu não tenho bochechas. Eu não tenho quem me passe uma pomada nas costas. Eu não tenho costas. Eu não tenho quem me envie um cartão-postal colorido com desenhos em hidrocor. Eu não tenho queixo. Eu não tenho quem me guarde o primeiro dente de leite perdido. Eu não tenho faringe. Eu não tenho quem me cubra as capas dos livros. Eu não tenho flanco. Eu não tenho quem me costure as cortinas. Eu não tenho língua. Eu não tenho quem me segure enquanto sopro as velas de aniversário. Eu não tenho cabelo. Eu não tenho quem me cante uma canção de ninar. Eu não tenho pálpebra. Eu não tenho quem me explique as placas de trânsito. Eu não tenho gengiva. Eu não tenho quem me ensine a dobrar camisas. Eu não tenho omoplatas. Eu não tenho quem me vista um casaco. Eu não tenho corpo. Eu não tenho quem me conheça tanto. Eu não tenho pulso. Eu não tenho mãe há muito tempo. Eu não tenho mãe."

MENINAS SEM LEI

Clau, Neca, Juniana, Rona, Mariana e até as vizinhas doadoras de ovos deram um tempo. Ou tentaram contato algumas dezenas de vezes, em vão, o telefone tocando indefinidamente, ou intuíram que estávamos eu, Berta e Lúcio em silêncio. A casa dos outros, com seus cheiros adstringentes, lava-roupas trabalhando e geladeiras abarrotadas de produtos, não nos chamava mais. Queríamos o nosso escuro, o nosso casulo comum. Agora, até o cheiro doce das baratas impregnado nas fronhas nos amansava o espírito. Eu mergulhava em sonhos vívidos, densos e sufocantes, suando sob meu edredom cinza. Às vezes acordava com o nariz escorrendo, desligava o ventilador, assoava no edredom e virava para o outro lado, junto à parede fria, logo caía em sono profundo e dava continuidade à narrativa truncada de sonho que havia abandonado. Lúcio, antes tão a postos, não atendia mais os telefonemas antes de tocar três vezes, não encostava mais, sorrateiro, o ouvido na porta da cozinha para ouvir a conversa dos vizinhos do quarto andar que saíam do elevador com os ânimos exaltados, às vezes brigando, às vezes felizes demais, não espiava mais pelo olho mágico embaçado o zelador recolher as sacolinhas de supermercado atulhadas de lixo orgânico que o vizinho punha diante da porta de serviço no fim do dia, não vistoriava mais essa e outras atividades aparentemente banais, mas que para meu pai por isso mesmo eram suspeitíssimas. Agora Lúcio parecia recuar temporariamente da função de sentinela; relaxava em seu colchão sem lençol e até conseguia dormir com os dois olhos fechados. Berta tirava os dias para fazer máscaras faciais, massagens hidratantes no cabelo, manicure e pedicure, enquanto cantarolava baixinho em seu quarto: *as coisas não precisam de você.*

ABIGAIL, CAPRICHEI NOS SEUS OLHOS

Mesmo acordando com as orelhas parecendo pequenos embriões, inchadas de tanto dormir, pouco a pouco passei a me demorar mais em cuidados extras e inéditos, como misturar as soluções com mais empenho, escovar os dentes com menos descaso, cortar as unhas, lixar a sola grossa dos pés. Virar mais mãe de mim mesma; era o que me restava. Ou nascer de mim como salvação. Quem sabe até adotar Lúcio como filho... Ele às vezes parecia um bebê quando sorria com as gengivas rosa. Por que Lúcio se maltrata tanto? Queria que Lúcio se maltratasse menos. E essa preocupação surgiu como uma novidade, um item inédito na minha pilha desordenada de pensamentos. Passei a me sentir menos escravizada pelas minhas necessidades fisiológicas e a não encarar como um fardo cotidiano comer três refeições no dia (e tudo o que envolve a atividade, como preparo, limpeza e compras no supermercado ao lado de um mal-humorado Lúcio), dormir de noite para acordar de dia (não me ater a fantasmas) e, claro, manter firme o circuito harmonioso da higiene pessoal: nesse tópico eu consultaria Berta, que, por que não?, podia ser também minha mãe.

ESTOU GRÁVIDA DE CHÃO

Berta está no topo da gangorra, mesmo que tenha os ossos mais pesados que os meus. Meus joelhos dobrados, os pés descalços com as unhas fincadas na areia quente. Berta pede uma vez para descer e eu digo não, mas antes de pedir a segunda vez já cedo. Agora ela está no comando, a madeira vacila, Berta quase não tem força suficiente para me pôr acima de sua cabeça. Finalmente alcanço a base do céu, triunfante. Berta se apoia no monte de areia, amortecendo sua aterrissagem. Está um tanto esbaforida e procura olhar para os lados evitando meu olhar ferino lá de cima. Sou uma águia implacável e você é uma minhoca sem olhos, Berta. Você até pode ter olhos, mas eles são miúdos e insignificantes. Minto sob o céu coalhado de nuvens; os olhos de Berta sempre me intrigaram, porque falam contraditoriamente de vulnerabilidade e força. A íris castanha, molhada, uma minúscula pinta no globo esquerdo que orbita no céu do seu olho como um satélite. Berta, estou lançando flechas em sua direção e minha risada é demoníaca: aprendi na novela das sete. Mesmo que agora você esteja com os pezinhos sobre a terra, Berta, eu tenho o controle da situação. Quando você menos esperar, vou descer de uma vez e te lançar pela estratosfera, você tombará com os ossinhos pesados e moídos na sarjeta de um planeta distante. Nunca mais você jantará com Lúcio, passará lama negra no rosto, e muito menos usará o chuveiro potente da casa de praia da Mariana. Chegou a sua hora, Bertinha, diga adeus ao mundo que você conhece. No alto, estou abrindo a boca, pronunciando as sílabas sem emitir um som. Como um ventríloquo insolente. A ponta da língua tocando a superfície dos dentes: VO-U-TE-MA-TAR. Berta então inclina-se para o lado, passa uma pernoca magrela sobre a tábua desgastada da gangorra e sai disparado como um foguete. Despenco em câmera lenta, sem acreditar na coragem da minha irmã. Quando caio na areia, fechando meu corpo num impulso de defesa, enrolando-me numa espiral como um piolho-de-cobra, vislumbro com o peito destilado de veneno e a boca cheia de areia meus joelhos esfolados, ardendo e brilhando em minúsculos talhos cobertos de terra e sangue laranja.

CAMISA DO OBITUARY

A fumigação não foi suficiente e as baratas voltaram como se tivessem tirado férias. Enquanto minhas cutículas abriam em flor (a aula de manicure que Berta havia me dado, um tanto a contragosto, não fora tão esclarecedora assim. As suas microexpressões de desprezo e impaciência só corroboravam a minha ideia de que Berta, sim, me odiava a maior parte do tempo), as baratas se multiplicavam sob os armários e nem faziam mais tanta questão de disfarçar seu retorno triunfal ao desfilar pelas cadeiras brancas de PVC na cozinha. Berta havia me dado uma aula de toalete pessoal por culpa, já que agora eu não passava de um piolho-de-cobra enrolado em um edredom encardido. Porque o mar tinha me dado um golpe e também porque Berta é o mar, Lúcio é o mar, Aramis é o mar, Neca é o mar, Clau é o mar, Sean é o mar e aquele apartamento nos engolia como se fosse o mar, com as ondas dobrando e levando objetos avulsos, inúteis, quebrados, esquecidos, sem uso, cobertos de espuma e poeira.

SEU CORAÇÃO MENSTRUADO

Um dia chegou um pacote do correio para mim. Lúcio até calçou os sapatos para ir buscá-lo lá embaixo, depois de ser avisado pelo interfone. Mas quem é o remetente?, meu pai antecipou a curiosidade antes de desligar o aparelho, inquirindo o porteiro já nervoso. Não sei, seu Lúcio, parece que é em inglês. Lúcio voltou para casa, depois de devolver perguntas ou fazer outras que o porteiro não sabia responder e de examinar minuciosamente o conteúdo do pacote com a luz natural do térreo do prédio, peso, medida, selo, resistência, textura, adesivo, letra em forma precisa e apressada. No lugar do remetente só havia a letra S. Quando Lúcio se deteve diante da porta do meu quarto, me observando dormir enrolada no meu casulo de algodão, ele não podia adivinhar que eu não estava dormindo, mas capturada em minha própria teia enquanto desejava meu filho de volta. O meu detrito, o meu corpo morto, a minha chance de. O mar talhado de grumos engolfou o meu filho. E eu nunca mais. O mar como um agente de limpeza, ineficiente como os funcionários da dedetizadora que não souberam dosar o veneno. Elas, sim, as baratas, estão todas de volta, agitadas com o calor e a umidade. Elas sim sabem ter filhos. Já eu sou esse apartamento sujo. Meu útero é oco e minha casa não tem sofá. Eu pedia a mim mesma: repita comigo, Abigail, eu perdi meu filho. Repita comigo, Abigail, meu filho morreu. Repita comigo. Abigail, filha, Lúcio interrompeu meu monólogo mudo. Chegou um pacote pra você.

NÃO VALE MORRER

Não tirei o invólucro do CD primeiro porque Sean não merecia tamanho esforço e segundo porque não tínhamos aparelho de CD em casa; só dispúnhamos mesmo (e na área de serviço) de uma vitrola desconjuntada acoplada a um toca-fitas duplo cujo segundo deck não funcionava mais. Usando um pedaço de juta, Sean fizera um laço singelo sobre a caixa de acrílico do *Angel Dust*, do Faith no More. Nunca mais respondi as cartas de Sean. Nem sequer lembrava que ele existia do outro lado do mundo — a minha raiva era comigo mesma: como nunca pude ver quem ele realmente era? Se fosse o pai do meu filho, jamais lhe contaria a verdade, diria à criança que ela tinha sido fruto de um milagre de Deus, de uma experiência científica, algo assim. Melhor. Junto com o disco vinha um cartão-postal ilustrado com as paisagens irreais da Nova Zelândia, tão diferente da minha terra natal, da minha casa, de tudo o que me circundava; pilhas de objetos inúteis armadas até o teto, um mar que mata, sobremesas de gelo, fronhas manchadas de sangue, aniversário sem festa e aquele cheiro sufocante de barata. Mas se antes não ligávamos tanto para a imundice em que vivíamos, agora ligávamos menos ainda. Eu inventava aquela fúria? Eu finalmente tinha me acostumado ao nosso pequeno aterro sanitário também conhecido como apartamento 402? A arrumação nunca veio. Depois do aborto, nossa casa ficou ainda mais bagunçada e entretanto menos morta. Lúcio agora raramente saía à noite; só quando precisava ir aos trabalhos que ele fazia e cuja natureza nunca entendi muito bem. Berta deixou de habitar a casa da Mariana a despeito dos convites incessantes e das ofertas de refeições completas e lençóis limpos. Acertamos um trato com Lúcio: iríamos ao supermercado duas vezes ao mês. Tentaríamos comprar um número suficiente de produtos para que não estragassem. Não tentaríamos mais nos vingar de Lúcio abarrotando o carrinho do supermercado. Não tentaríamos mais nos precaver de um inverno que nunca veio estocando o máximo de mantimentos possível para atravessar a intempérie. Quando faltava comida, as vizinhas vinham prestimosamente oferecer ovos. Passei a gostar das músicas vaporosas da Marina Lima que Berta escutava sem parar — ou será que parei de evitar gostar, por pura pirraça, do que minha irmã um ano mais nova do que eu ouvia? O corpo grande de Lúcio surgia vez ou outra no vão da porta e então ele tocava uma guitarra imaginária cantarolando um verso fora do tempo. *Agora descubra de verdade o que você ama, que tudo pode ser seu*. Berta gargalhava de molhar os olhos e eu de bater nas coxas. Meu joelho ardia e eu não lembrava mais por quê.

EU TÔ GRÁVIDA, CADA VEZ MAIS GRÁVIDA, DE UMA NOTA MUSICAL

Com um golpe das pernas, joguei o edredom pra cima e me livrei do suadouro. Meu casulo caiu disforme no colchão, entre meu flanco magro e a parede encardida. Havia um sol no meu peito; estrias espraiavam dos mamilos como raios de sol. Meus peitos tinham crescido rapidamente com os hormônios da gravidez e agora murchavam como balões em fim de festa. Me dei conta que durante todo esse tempo não tinha me atrevido a pensar por um segundo em pôr o bebê em meus braços. Escrevera tão somente uma lista de possíveis nomes no meu caderno espiralado. Vanda, Ticiano, Floresta, Esperança, Nabor, Bartolomeu, Sky, Ludovico, Icla, Romano, Cindy, Camélia e, abaixo da lista, uma pensata óbvia: "Nunca vai haver outra eu. Nunca vai haver outras digitais iguais às minhas". Eu estava certa? Morri para depois nascer. Pude sentir a pele fina das digitais recobrindo a polpa dos meus dez dedos com as mesmas linhas. Ousei pensar que com um neném dentro de mim eu também seria neném. Eu estava errada? Dizem que o mar leva tudo de ruim para o seu fundo; mas o mar levou o meu filho. Lembrei de Lúcio, conversando comigo enquanto eu chorava calada, as mãos dele coladas uma na outra, como um santo ferido, sentado na cama de acompanhante do hospital. A vida é assim, filha. Quando não, parecida igual. Não dá pra compreender. Muda. Pirulitando pela casa, rodopiei até a vitrola e coloquei uma música bem alta. Os acordes da guitarra faziam as esquadrias encardidas tremer. Pouca gente sabe, mas as digitais nascem das rugas no saco gestacional. O bebê encosta nele como se estivesse colando as mãos numa vitrine, os sulcos da película fina moldam as nossas digitais para sempre.

UMA MONTANHA, UM CORDÃO UMBILICAL

Abigail, filha querida. Estou aqui tentando repousar um pouco, vítima da minha ousada indisciplina. Deixe eu dormir um pouco se eu conseguir. Vamos agilizar as coisas: apartamento, arrumação e aluguel. Quando eu acordar vou pagar minhas dívidas. Não se afobe, não. Vai dar certo. Tenha paciência que tudo está se acomodando. Filha, não queira decidir nenhuma coisa nas primeiras soluções. Na escolha do apartamento para alugar, por exemplo, olhe vários — a menos que apareça logo um espetacular e barato. Um beijo do seu pai Lúcio, um amigo na praça.

A MÚSICA COMEÇA COM UMA PERGUNTA

Por um longo tempo, sob o teto de estalactites do 402, éramos cinco cabras e Lúcio. Depois restamos só duas cabras e Lúcio. Depois fomos embora de lá. Agora Zoma, Huga e Ariel estavam mais perto. Em breves reuniões, podíamos lembrar juntas dos aparelhos dentários de papel-alumínio, das manchas de mosquitos esmagados na parede ou da voz de robô feita com o ventilador ligado. Encontrávamos nossas irmãs em táxis encardidos e em restaurantes gelados; nossa mesa voltava a ser maior, mesmo que todos ainda sonegassem informações. Zoma às vezes ia junto e até se sentava ao lado de Lúcio; eu, Berta, Huga e Ariel contemplando o buraco fundo entre os dois. Zoma fazia um carinho em nossas cutículas e sempre escolhia o prato das filhas, um sóbrio bife com fritas para as duas, nada tão espetacular quanto o meu camarão gratinado no abacaxi. Na hora da sobremesa minhas irmãs estavam livres para escolher, sem a imposição de Zoma. Eu e Berta seguíamos com a nossa tradicional mousse de chocolate. Às vezes eu pedia três.

SER TÃO DISTANTE DE SI QUE NÃO SABE A QUANTIDADE DE AÇÚCAR QUE LHE AGRADA

Por que estou com insônia? Porque todos os dias vou dormir lá pelas quatro horas da manhã, acordo uma da tarde, e perco, assim, metade do dia. Mas se durante um dia eu me esforçar e acordar cedo lutando contra o sono, talvez correr pela praia desafiando o cansaço, conseguirei regular meu relógio biológico rapidamente.

CASA DOS OUTROS

Naquele ano repetimos de série e Lúcio trocou de trabalho. Mudamos também para um apartamento limpo onde Lúcio começava a acumular coisas sorrateiramente. (Os cabos soltos no canto da sala serão úteis um dia.) Eu estava tão feliz que fingia não ver. Nossos uniformes ainda cheiravam a barata, mesmo que agora a gente vivesse longe delas (elas voltariam com saudades, meses depois). Eu me sentia estranhamente confiante, amada, protegida. Eu tinha pai e era minha própria filha, sobrinha de Berta. Nossa família estava completa. Tanto que um dia, quando nos encontramos na nossa ampla cozinha, que fazia eco, Berta lançou a ideia de irmos ao cinema. Fomos os três ver um documentário francês sobre a vida dos insetos. Passados os quinze minutos iniciais, Berta irritou-se com a ausência de palavras no filme. Vai ser assim, mudo até o final? Ela reclamou alto o suficiente para que alguém na plateia soltasse um sonoro: shhhhh.

Pra começar,
Quem vai colar
Os tais caquinhos
Do velho mundo?

Antonio Cicero

Agradecimentos

A Beatriz Bracher, que me apoiou quando mais precisei. A Marianna Teixeira Soares, que insistiu para que eu escrevesse este livro. A Taís Cardoso, pela primeira e preciosa leitura. A Alice Sant'Anna, que me editou com doçura e inteligência.

A Conceição Tavares, Madalena Pontes e Sofia Fernandes, por estarem sempre comigo.

1ª EDIÇÃO [2021] 1 reimpressão

ESTA OBRA FOI COMPOSTA EM MERIDIEN PELO ESTÚDIO O.L.M./ FLAVIO PERALTA
E IMPRESSA EM OFSETE PELA GRÁFICA SANTA MARTA SOBRE PAPEL PÓLEN SOFT
DA SUZANO S.A. PARA A EDITORA SCHWARCZ EM FEVEREIRO DE 2022

A marca FSC® é a garantia de que a madeira utilizada na fabricação do papel deste livro provém de florestas que foram gerenciadas de maneira ambientalmente correta, socialmente justa e economicamente viável, além de outras fontes de origem controlada.